Oetinger

Nicolai Houm wurde 1974 geboren und hat viele Jahre seiner Kindheit und Jugend in den USA verbracht. Er studierte kreatives Schreiben und Journalismus und arbeitet heute neben seiner Tätigkeit als Schriftsteller als Lektor für Kinder- und Jugendbücher bei einem Osloer Verlag. Er lebt mit seiner Frau und seinen Kindern auf dem Land in der Nähe von Oslo.

Nicolai Houm

Lügen schmeckt wie Knäckebrot

Deutsch von Maike Dörries

Verlag Friedrich Oetinger · Hamburg

MIX
Papier aus verantwortungsvollen Quellen
FSC® C014496

Die norwegische Originalausgabe erschien 2018 bei Gyldendal AS
unter dem Titel »Det du ikke vet om Vilde«
Veröffentlicht mit Zustimmung der Oslo Literary Agency
Deutsch von Maike Dörries
Die Übersetzung erfolgte mit freundlicher Unterstützung von NORLA
NORLA
Einbandgestaltung von Susanne Kopp unter Verwendung von Bildern
von ©plainpicture / PhotoAlto / Michele Constantini und © iStock / Skathi
Satz: Satz für Satz, 88239 Wangen im Allgäu
Druck und Bindung: GGP Media GmbH,
Karl-Marx-Straße 24, 07381 Pößneck
Printed 2019
ISBN 978-3-7891-1057-3

www.oetinger.de

1. Kapitel

Ganz normal sein, Vilde. Nicht auffallen.
Das war der Plan.
Aber da steh ich nun, vor der neuen Klasse. Alle Blicke sind auf mich gerichtet. Ich soll ein Referat halten, und es kommt kein Wort heraus. Auf meinem Kopf sitzt eine Pelzmütze. Mit Löwenohren.
Das Blatt Papier, das ich mit beiden Händen festhalte, zittert nicht. Es flattert. Ich kann kaum die Überschrift lesen, die ich mit extragroßen Buchstaben geschrieben habe.
BOTSWANA
Hallo, was mache ich hier eigentlich? Was habe ich mir dabei gedacht?
Das Referat war Geirs Idee gewesen. Geir ist die Vertretung unserer Klassenlehrerin Bente. Er sieht mich mit strahlendem, von roten Locken eingerahmtem Lächeln an, einem Lächeln, das vermutlich heißen soll: »Wird schon schiefgehen.«
Aber Geir weiß nicht, was auf dem Spiel steht. Das Referat muss gut laufen. Sonst ist Krise angesagt. Das ist eine lange

Geschichte. Aber absolut wahr. Wirst du schon auch noch verstehen.
Jetzt! Ich muss irgendwas sagen. Es fühlt sich an, als stünde ich schon einen Monat hier.
Zu allem Überfluss trau ich mich nicht, das Wort »Botswana« zu sagen, weil ich beim Aussprechen von S immer so komische Pfeiflaute produziere. (Das ist eine ganz andere, aber dafür kürzere Geschichte: Bei zwei Saltos vorwärts hintereinander bin ich mal neben der dicken Matte gelandet und hab mir einen Schneidezahn abgebrochen.)
Einer der coolen Jungs aus der Klasse sieht mich mit zur Seite geneigtem Kopf an. Kriss heißt er, wenn ich mich nicht irre. Sein noch coolerer Tischnachbar gluckst leise vor sich hin. Er heißt Daniel und ist Skater, soviel ich weiß.
Warum musste ich auch unbedingt die Mütze aufsetzen? Weil sie zuoberst in einem der Umzugskartons im Flur lag und ich mir gedacht hab, dass mit Löwenohren alles nicht so schlimm wird. Weil ich damit die Leute zum Lachen bringe.
Womit ich ja gar nicht so falschgelegen habe. Hinter Daniel ist hämisches Kichern zu hören. Ich bin mir ziemlich sicher, dass es von den zwei Mädchen aus der Klasse kommt, die beide irgendwas mit S heißen und lange blonde Haare haben.
»Vilde?«
Mein Name kommt irgendwo von ganz weit her. Alle Augen

sind auf mich gerichtet. Die Augen von 26 Siebtklässlern, die ich noch nicht kenne, sie sich untereinander dafür umso besser.
»Vilde?«
Das ist Geirs Stimme.
»Soll ich das Smartboard für dich bedienen, oder machst du das selber?«
Auf der Leinwand über Geir erscheint das erste Bild von einem Mann mit einem Sack und einem Gewehr über der Schulter. Er ist auf dem Weg in ein Gebüsch, man sieht nur seinen Rücken.
»Das dürfen Sie gerne machen«, sage ich leise, die Oberlippe über die Vorderzähne hochgezogen. So habe ich das Pfeifen bei den S-Lauten einigermaßen im Griff, auch wenn ich mir ein bisschen wie eine sprechende Schildkröte vorkomme.
Endlich, der Anfang ist geschafft.
»Ich will euch etwas über Botswana erzählen«, sage ich und lese die Überschrift meines Referates laut vor.
»Botswana.«
Ich hole tief Luft und beginne mit dem eigentlichen Text.
»Botswana ist …«
In dem Augenblick höre ich eins der S-Mädchen flüstern:
»Ich glaube, es geht um Botswana.«
»Echt?«, sagt das Mädchen neben ihr und kichert.
Von allen Mitschülern schicken mir nur zwei aufmunternde

Blicke: Emma K., die vorne vor dem Pult sitzt und alle Fragen der Lehrer beantworten kann. Und Xakiima. Der Name ist so schwer zu merken, dass man ihn unmöglich vergisst. Außerdem ist Xakiima die Einzige aus der Klasse, die schon mehr als ein paar Worte mit mir gewechselt hat. Wir sitzen nebeneinander und wohnen in derselben Straße. Gestern sind wir sogar zusammen zur Schule gefahren. Mir schießt durch den Kopf, dass Xakiima das Thema Botswana vielleicht besonders interessant findet. Aber könnte auch sein, dass ich mich irre. Xakiima ist aus Somalia, einem ganz anderen Teil von Afrika. Das ist, wie wenn ein Schwede gespannt auf ein Referat über Griechenland warten würde.

Ich balle die Hände in den Hosentaschen zu Fäusten und fange noch einmal an.

»Botswana ist ein Land in Afrika, in dem es viele große und wilde Tiere gibt.«

Das S ist von einem leisen Pfeifen begleitet, aber ich glaube nicht, dass die anderen das mitbekommen.

»Viele der Tiere sind bedroht. Zum Beispiel Geparden, Nashörner und … Löwen.«

An dieser Stelle war geplant, auf meine Mütze zu zeigen, aber ich bin sicher, dass ich umkippe, wenn ich jetzt den Arm hebe.

»Löwen! Das erklärt deine Kopfbedeckung«, sagt Geir. »Das nenn ich mal eine anschauliche Vortragsweise! Wir sind gespannt, wie's weitergeht, Vilde.«

Geirs Begeisterung macht alles nur noch schlimmer. Jetzt warten alle auf DIE Fortsetzung.
Eine große Enthüllung.
Aber vor der graust mir so sehr, dass ich spontan beschließe, die Reihenfolge zu ändern. Statt etwas über den Mann mit dem Sack und dem Gewehr zu erzählen, bitte ich Geir, zum nächsten Bild weiterzuschalten.
Eine Frau in Safarikleidern liegt auf der staubigen Erde und drückt ein Gepardenjunges an sich, das mit geschlossenen Augen seine Schnauze in ihre Halsbeuge drückt wie ein verschmustes Katzenjunges in XXL.
»Wie süüüüüüß!«, sagt eins der S-Mädchen.
Ihre Freundin stimmt ein.
»Supersüß!«
In dem Moment entspannen sich meine Nerven ein ganz klein wenig. Die beiden S-Mädchen sind die populärsten Mädchen aus der Klasse, und sie hören mir zu.
Ich erzähle von der Arbeit mit bedrohten Tierarten in Botswana, genauer gesagt, im Central Kalahari Nationalpark. Ich gebe Geir ein Zeichen, wenn er das nächste Foto zeigen soll, was er mit großer Begeisterung tut. Wer bis jetzt geglaubt hat, dass man eine Pfeiltaste nur auf eine Weise drücken kann, der ist noch nicht unserem Lehrer Geir begegnet.
Ich erkläre, dass die Löwen zwischendurch gefüttert werden müssen, weil das Gebiet, in dem sie leben, zu klein ist, als dass sie alle selbst etwas zu fressen finden könnten. Ich

erzähle von den Inspektionsrunden der freiwilligen Helfer an kilometerlangen Zäunen entlang, morgens und abends. Und schildere die dramatischen Zusammenstöße der bösen Wilderer mit den mutigen Tierschützern.

Schließlich bitte ich Geir, das erste Foto noch einmal zu zeigen. Es ist so weit. Geir weiß als Einziger, was jetzt kommt, hat in seinen einleitenden Worten aber nichts verraten: »Vilde hält heute für uns ein Referat über eine spannende Arbeit in Afrika. Eine Arbeit, zu der sie eine ganz spezielle Beziehung hat. Als Vilde mir davon erzählt hat, fand ich, dass der Rest der Klasse das auch unbedingt hören sollte.«

Und jetzt die Enthüllung:

»Der Mann, den ihr auf dem Bild seht …«, sage ich und zeige auf dem Mann mit dem Gewehr.

Meine Stimme beginnt zu zittern, und ich hole tief Luft.

»Das ist keiner der freiwilligen Helfer. Er ist schon länger in diesem Park in der Kalahari als die meisten. Viele Jahre. Und er sorgt unverwüstlich …«

Ich muss einen Blick auf das Blatt in meiner Hand werfen, weil ich den Faden verloren habe.

»Unermüdlich?«, hilft Geir mir auf die Sprünge.

»Ja«, greife ich den Faden auf. »Er sorgt unermüdlich dafür, die Löwen und anderen Tiere zu retten. Und er ist Norweger.«

Ich schlucke. An meinem verkrampften Gesichtsausdruck

und Geirs tanzenden Locken können alle sehen, dass das noch nicht das Ende war.

Emma K. hält es nicht länger aus.

»Kennst du ihn?«

»Ja«, sage ich leise.

Geir kneift die Augen zusammen und presst die Lippen aufeinander, als würde er über die Ebenen der Kalahari-Wüste in den Sonnenuntergang blinzeln.

Und dann sage ich etwas, das ich niemals gesagt hätte, wenn ich geahnt hätte, was für Probleme es nach sich zieht:

»Der Mann ist mein Vater.«

2. Kapitel

Mama kommt heute spät nach Hause, darum sitze ich im Schlafanzug am Tisch, esse ein Knäckebrot mit Gurke und versuche, eine Geschichte zu schreiben. Schlafanzug ist die allerbeste Kleidung zum Geschichtenschreiben. Ich habe für mich rausgefunden, dass ich in engen Jeans keinen klaren Gedanken fassen kann. Oder wenn ich traurig bin. Glücklicherweise habe ich das Referat hinter mir, das ist eine große Erleichterung.

Auf dem Bildschirm stehen fünf Sätze. Immerhin schon mal ein Anfang:

> Sie schaute aus dem Fenster. Auf die regennasse Schotterstraße. Die baufälligen Garagen. Auf den Flecken rissigen Asphalts, wo ein Basketballkorb den Kopf hängen ließ. Es war nicht besonders schön.

Meine Geschichten beginnen oft mit einer Beschreibung von Dingen, die ich um mich herum sehe und dann ein

wenig abwandele. Zum Beispiel regnet es draußen gerade nicht. Aber es könnte durchaus sein.
Mama meint, wir hätten Glück gehabt. Dass so ein Neuanfang doch was Gutes hat. Und dass unser bescheidener Reihenhausbungalow zwischen all den großen Häusern drum herum doch Charme hat.
Ich wollte nicht umziehen. Und das versucht Mama jetzt wiedergutzumachen. Sie hat vorgeschlagen, über meinem Bett Schleierstoff aufzuhängen, den wir im Internet gefunden haben, damit es wie ein Himmelbett aussieht. Und wir wollen das Zimmer streichen. Aber den Stoff und die Farbe können wir erst kaufen, wenn Mama ihr Gehalt bekommt.
Wenigstens durfte ich das schönste Möbelstück mitnehmen, das ich besitze: Papas alten Schreibtisch. Der ist riesig und aus Massivholz und wiegt mindestens neun Tonnen. Ich hab zu Mama gesagt, dass ich nur mitziehe, wenn der Schreibtisch auch mitkommt. So was nennt man eine leere Drohung. Mama hätte mich niemals allein in der alten Wohnung gelassen.
Papa hat beim Schreiben offenbar so fest mit dem Kugelschreiber aufs Papier gedrückt, dass er Rillen in der Schreibtischplatte hinterlassen hat. Die meisten Krakel sind unmöglich zu entziffern, aber »Halt durch« kann man lesen. Das fand ich immer ziemlich merkwürdig, aber jetzt im Nachhinein ergibt es einen Sinn.
Auf dem Schreibtisch stehen zwei gerahmte Fotos. Ein

ziemlich altes von Papa und mir. Ich habe meinen Regenoverall an und halte einen Stock in der Hand, als wollte ich ihn für einen Hund werfen. Papa steht einfach nur da und ist Papa.

Auf dem anderen Foto bin nur ich zu sehen. Es ist im letzten Jahr in der Turnhalle aufgenommen worden. Ich bin klein mit glatten, dunklen Haaren, ein paar Sommersprossen auf der Stupsnase und einer Kerbe im einen Schneidezahn. Die ist zu sehen, wenn ich breit grinse. Und zu hören, wenn ich Wörter mit S sage.

Turnen ist nicht mein Traumhobby. Mama hatte die Idee. Die Schulschwester an meiner alten Schule meinte, ich hätte *ein bisschen zu viel Energie*. Das war freundlich ausgedrückt. Ich hab mich wie ein Wirbelsturm gefühlt, der durch die Gegend rauscht und alles mitreißt.

Mein Traum ist es, Schriftstellerin zu werden. Ich habe auch schon ein Buch geschrieben. Na ja, kein ganzes Buch. Aber unendlich viele Geschichten. Kurz vor den Sommerferien habe ich ein paar davon an einen Verlag geschickt, der jedes Jahr eine Sammlung mit Texten von Autoren herausgibt, die noch keine richtigen Autoren sind. Anthologie heißt so ein Buch.

Auf der Internetseite des Verlages steht: »Die Anthologie gilt seit Jahrzehnten als Brutstätte zukünftiger Werke, in der viele namhafte Autoren ihre literarische Karriere begonnen haben.«

Ich konnte mir unter Brutstätte nicht richtig was vorstellen und konnte mich deshalb auch nicht so recht entscheiden, ob das der passende Ort für mich war. Und mit dem Gefühl scheine ich gar nicht so verkehrt zu liegen, weil jetzt schon ein ganzer Sommer und der halbe Herbst vergangen sind und ich noch immer keine Antwort vom Verlag bekommen habe. Papa hat mir dann später erklärt, dass Brutstätte nur ein anderes Wort für Ursprung, Beginn oder Zuhause bedeutet. Das, was ich nicht mehr habe, nachdem Mama entschieden hat, umzuziehen.

Da fällt mir auf, dass ich nach der Schule noch gar nicht in den Postkasten geschaut habe. Vielleicht ist ja heute der Tag. Wer weiß. Vielleicht liegt die Antwort von dem Verlag im Kasten und wartet auf mich.
Ich speichere die fünf Sätze und schließe das Schreibprogramm. Dahinter sind noch lauter Fenster mit Bildern von meinem Botswana-Referat geöffnet. Von trockenen Steppen, Löwen mit einer ähnlichen Mähne, wie Geir sie hat, das Eingangsschild zum Central Kalahari Nationalpark und braun gebrannte Mädchen mit Trägerhemden in einem offenen Geländewagen.
Ich habe das Referat gehalten. Fast ohne zu pfeifen. Trotz Muffensausen, weil ich noch niemanden in der Klasse kenne. Trotz Kindergartenmütze mit Löwenohren.
Als ich das Foto von dem Mann wegklicke, der nur von hin-

ten zu sehen ist, mischt sich ein anderes Gefühl unter den Stolz. Wie wenn man jubelt nach einem gewonnenen Hundertmetersprint in einer riesigen Sportarena und merkt – dass man nackt ist.

Ich schiebe meine Füße in Mamas Flipflops, um zum Postkasten an der Straße zu gehen. Als ich die Haustür aufmache, sehe ich Daniel zusammen mit dem großen Jungen mit den wuscheligen Haaren und den beiden S-Mädchen den Basketballplatz auf dem Weg zur Rampe überqueren.

Ich flipfloppe mit gesenktem Blick die Auffahrt runter, unschlüssig, ob ich von ihnen gesehen werden will oder nicht. So viel habe ich schon mitbekommen, dass die vier die Coolsten aus der Klasse sind. Aber ich kann auch ziemlich cool sein, wenn ich will.

Ich tue so, als wäre ich völlig auf die Post konzentriert, und blättere den Stapel Briefe durch. Auf keinem der Umschläge steht mein Name.

»Schicker Schlafanzug«, ruft eins der beiden S-Mädchen.

In dem Moment fällt mir überhaupt erst mein Schreiboutfit wieder ein. Ich starre auf den Boden und reibe eine Gummischlappe an der anderen. Ein paar kalte, feuchte Grashalme bleiben an meinem Fußrücken kleben.

»Ich wollte nur kurz den Postkasten holen«, sage ich.

»Den ganzen Postkasten?«, sagt der große Junge mit dem wuscheligen Haar.

»Natürlich nicht, also …«
»Schlau«, sagt er weiter. »Da hat man wenigstens was, worin man die Post transportieren kann.«
Ich knülle den Stapel Rechnungen und Reklamezeitschriften zwischen meinen Händen zusammen und fühle mich wie brodelnde Lava. Wie immer, wenn mich jemand aufzieht. Oder wenn ich beim Sport stolpere und mir das Knie aufschramme. Oder wenn mir die Fahrradkette abspringt. Bei den kleinsten Kleinigkeiten droht alles aus mir herauszubrechen wie aus einem Vulkan.
»Kümmer dich nicht drum, was Kriss sagt. Der redet immer solchen Mist«, sagt Daniel.
Der lange Junge mit den Wuschelhaaren lächelt mich an. Seine Augen sehen nett aus.
»Das sind übrigens Sara und Silje, falls du es noch nicht mitbekommen hast«, sagt Daniel.
Ich drücke alle Vulkangefühle zurück in den Krater, sehe die Mädchen an und versuche zu lächeln. Silje hat die gleichen langen, blonden Haare wie Sara, aber ein runderes Gesicht. Und sie lächelt mehr. Die eine trägt Latzhose und die andere Tights, und beide haben sie solche karierten Hemden, wie ich mir schon seit einem halben Jahr eins wünsche.
»Wohnst du hier?«, fragt Daniel mit einem Nicken zu den Reihenhäusern. Das blonde Haar unter seiner Cap reicht fast bis an die Schultern. Seine blauen Augen werden irgendwie größer, wenn er spricht.

Ich überlege, ob er das *hier* irgendwie besonders betont hat. Außer Xakiima kenne ich niemanden aus der Klasse, der hier unten wohnt. Daniel wohnt garantiert in einer der Villen oben am Hang, genau wie die anderen drei. Ich hab das Auto seines Vaters gesehen, als der ihn von der Schule abgeholt hat. Es ist ungefähr so groß wie unsere Wohnung.
»Da hast du es ja gar nicht weit zur Rampe, cool!«, fügt Daniel hinzu.

Wir sitzen auf der Kante der Rampe, baumeln mit den Beinen und unterhalten uns über alles Mögliche. Es fühlt sich gut an, Leute zum Quatschen zu haben.
Kriss ist echt witzig und erzählt abgefahrene Geschichten. Zum Beispiel, dass unser Vertretungslehrer Geir seinen Job so sehr liebt, dass er auf einer dicken Matte im Geräteraum der Turnhalle übernachtet.
Sara und Silje erzählen, dass sie beide beim Ballett sind.
»Ich bin nicht so gut«, sagt Silje. »Sara dafür umso mehr. Sie soll in eine andere Gruppe kommen als ich, weil sie …«
Silje bricht mitten im Satz ab, und ich merke, dass Sara sie schräg von der Seite anschaut.
»Und du?«, fragt Silje.
»Ich mache Team-Gym«, antworte ich.
Ich sollte vielleicht eher sagen, dass ich Team-Gym gemacht habe. Bis wir umgezogen sind.
»Was ist Team-Gym?«, fragt Kriss.

Ich erkläre ihnen, dass das Turnen ohne Schwebebalken, Stufenbarren und solche Sachen ist.
»Man nimmt Anlauf, springt vom Boden oder Minitrampolin ab und macht Saltos, Schrauben und Überschläge.«
Bei Saltos, Schrauben und Überschläge kommen laute, scharfe Pfeiftöne. Sara kann sich ein Kichern nicht verkneifen.
Danach ist es ganz still. Kriss' Augenbrauen hüpfen auf seiner Stirn auf und ab wie bei einem Clown. Vielleicht ist das seine Art, mit peinlichen Situationen umzugehen.
Von meinem eigentlichen Hobby, dem Schreiben, erzähle ich nichts. Das ist mein Geheimnis. Zart wie eine kleine glänzende Seifenblase, die schon vom bloßen Anschauen zerplatzt.
Daniel bricht das Schweigen.
»Du weißt, dass wir morgen fast den ganzen Tag Probe haben, oder?«
»Was proben wir?«, frage ich.
»Na … für die Weihnachtsaufführung«, sagt Sara, als wäre es so selbstverständlich wie die Tatsache, dass die Erde rund ist.
Weihnachtsvorstellung? Kann schon sein, dass Bente was dazu gesagt hat, als Mama und ich ein paar Wochen vor Schulbeginn bei ihr waren.
»Wir treffen uns morgens in der Aula, proben und haben nur in der letzten Stunde noch Geschichte«, sagt Silje.

Das muss Geir gestern gesagt haben, als mein Hirn aus Angst vor dem Referat gelähmt war.
»Wir wollen eine Szene aus *Schwanensee* aufführen«, sagt Sara.
»Und Sara ist der weiße Schwan!«, ruft Silje begeistert.
Als sie merkt, dass Sara sie wieder genervt ansieht, fügt sie schnell hinzu:
»Und Kriss ist der Star vom Ballett-Fail.«
»Ballett-Fail?«, frage ich.
Kriss rutscht über die Kante und beginnt, mit ausladenden Gesten zu erklären.
»Während alle Mädchen ordentlich Ballett tanzen, tanze ich mit Tights und Ballettrock wie der letzte Depp dazwischen und …«
Er dreht Pirouetten am tiefsten Punkt der Halfpipe wie ein Brummkreisel kurz vorm Umkippen. Irgendwann fällt er auf den Hintern und dreht sich langsam weiter, mit sehr feierlichem Gesichtsausdruck.
Als wir wieder Luft kriegen nach unserem Lachkrampf und alle runter zu Kriss in die Rampe gesprungen sind, sagt Daniel unerwartet:
»Cooles Referat heute, übrigens.«
Mir wird fast so warm wie beim Vortrag, als ich vor der Klasse gestanden habe.
»Findest du?«, frage ich.
»Ja, ich hab richtig Lust bekommen, nach Afrika zu fahren.«

Daniel schaut zu den Villen am Hang und wirkt plötzlich ganz weit weg. Der abwesende Ausdruck in seinen Augen kommt mir sehr vertraut vor, als hätten wir etwas gemeinsam, ohne dass ich sagen könnte, was.
Ich werde in meinen Überlegungen unterbrochen, als ein Auto in die Straße einbiegt. Das Motorengeräusch ist nicht zu verkennen.
»Ich muss los«, sage ich. »Das ist meine Mutter.«
Mamas Auto ist uralt, und irgendwas ist damit gar nicht in Ordnung.
»Hört sich an, als würde sie einen Rasenmäher hinter sich herziehen und gleichzeitig einen Esel überfahren.«
Kriss lacht, aber nicht über Mama, sondern über unser Auto.
Als ich schon halb über das Basketballfeld gegangen bin, ruft Sara hinter mir her:
»Du musst unbedingt in der Tanzgruppe mitmachen!«
»Oh ja!«, schließt Silje sich an.
Sie stehen da und warten auf eine Antwort. Vier Menschen, die ich nicht kenne und die nicht viel von mir wissen. Das ist neu. Ich bin es eigentlich gewohnt, alleine zu sein.
Mama hat das Auto geparkt und versucht, eine Tasche, zwei pralle Plastiktüten und eine große braune aus Papier von IKEA gleichzeitig zu transportieren. Wahrscheinlich überlegt sie gerade krampfhaft, wie sie mit den vollen Händen winken soll. Sie sieht so klein aus und so froh, mich zu se-

hen. Mir kommt etwas in den Sinn, das sie an unserem Umzugstag gesagt hat:

»Es wird bestimmt alles gut, Vilde. Du musst sicher etwas dafür tun, neue Freunde zu finden, und dir genau überlegen, was du den Leuten hier erzählst. Aber bestimmt wird alles gut! Taffe Mädels wie wir kriegen das hin!«

Ich sehe Daniel, Kriss, Silje und Sara an und entscheide mich: »Okay, ich bin dabei.«

3. Kapitel

Am nächsten Morgen strampele ich zur Schule, als hätte ich das Rad geklaut. Weil ich so sauer auf Mama bin. Die Straße funkelt frostig, und meine Finger liegen wie gefrorene Fischstäbchen auf dem Lenker. Ich stehe in den Pedalen und kämpfe mich im höchsten Gang die Steigung hoch.
Manchmal rafft Mama aber auch gar nichts. Das war doch nur Spaß.
Wir haben in der Küche gesessen und unser Frühstück gegessen: Knäckebrot und Mamas Frühstücksmix aus kalt gepresstem Rapsöl, Honig und Dickmilch. Alles supergesundes Zeug.
Sie hat mich noch mal ausgequetscht, wen ich da beim Postreinholen getroffen habe, obwohl ich ihr das meiste eigentlich schon am Abend erzählt hatte.
»Wie heißt der mit den blonden Haaren noch gleich?«
»Daniel.«
»Nett«, meinte Mama.
»Dass er Daniel heißt? Fändest du es genauso nett, wenn er Knut Børre hieße?«

Mama hat mich mit dem gleichen Gesichtsausdruck angesehen wie an dem Tag, nachdem wir vierzehn Millionen Kartons in den Umzugswagen ein- und wieder ausgeladen hatten. Ich weiß nicht, wieso ich zwischendurch so zu Mama bin. Mit Papa rede ich nie in dem Ton. Wenn ich so bin, bekomme ich immer ein schlechtes Gewissen Mama gegenüber und stelle mir vor, dass ich Mama auch noch verliere.

Das war der Grund, warum ich mir was ausgedacht habe, um ihre Laune wieder zu heben.

»Ich durfte sogar Daniels Skateboard ausprobieren.«

»Wow, war das nicht schwierig?«

Ich schob mir einen großen Löffel Frühstücksmix in den Mund.

»Ich war richtig saugut.«

»Echt?«, sagte Mama und machte große Augen.

»Das liegt garantiert am Team-Gym. Körperbeherrschung, weißt du. Ich hab mich einfach oben an den Rand der Rampe gestellt und gedacht: Jetzt oder nie, Vilde.«

Mama lehnte sich zurück, während ich begeistert weitererzählte.

»Das Letzte, was ich gehört habe, ehe ich mich ins Nichts gestürzt habe, war Daniels Anfeuerungsruf ›You rule, Vilde!‹.«

Mama nickte langsam.

»Das sagen echte Skater«, erklärte ich ihr. »So drücken die sich aus.«

Es wurde still. Mama begann, den Tisch abzuräumen.
»Wir haben doch darüber gesprochen, Vilde«, sagte sie.
»Dass ich einen Helm aufsetzen soll, wenn ich solche Sachen mache?«, versuchte ich es. »Ich weiß, aber das war ganz spontan.«
»Nein, Vilde Sofie Lund …« Sie lächelte, aber wenn sie alle meine drei Namen nennt, ist es gleich dreimal so ernst. »Ich meine, dass du die Wahrheit sagen sollst.«
»Das *ist* wahr!«, rief ich.
Ich starrte auf die Tischplatte. Meine Augen brannten.
»*Du* lügst auch«, sagte ich.
Mama tat, als wäre sie mit dem Abwasch beschäftigt, aber irgendwann kam doch eine Antwort.
»Nein, Vilde. Ich erzähle nur nicht allen alles.«

An der letzten Steigung vor der Schule hole ich Xakiima ein. Wir schließen unsere Räder nebeneinander im Fahrradständer ab. Daniel, Kriss, Sara und Silje warten vor der Aula. Ich freue mich, sie zu sehen, obwohl gleich wieder der gewohnte Gedanke anklopft, dass es sicherer wäre, ich bliebe für mich.
Es sind noch ein paar Minuten bis zum Klingeln, also bleiben wir draußen stehen und erzählen. Alle meinen, dass ich mich auf die Weihnachtsaufführung freuen kann. Na ja, Xakiima sagt nicht viel, hält sich im Hintergrund. Sieht so aus, als hätte sie wenig mit Daniel und seiner Clique zu

tun. Es scheint eine unsichtbare Grenze zwischen ihnen zu geben, schon aus Zeiten, als ich noch nicht in der Klasse war. Als Daniel von seinen Sketchen erzählt, kapiere ich, dass er gar nicht in der Tanzgruppe mitmacht.

»Weil Tanzen ja sooooo panne ist«, zieht Kriss ihn auf und schnappt sich sein Skateboard.

»Nein, weil ich mindestens genauso miserabel tanze, wie du skatest«, antwortet Daniel.

»Was? Ich bin ein Meisterskater«, sagt Kriss und beginnt, im Kreis um uns herum zu fahren. Er steht mit aneinandergedrückten Beinen und seiner Tasche unterm Arm auf dem Brett wie ein Geschäftsmann auf einem Laufband.

Sara wechselt abrupt das Thema.

»Wenn du deinen Vater besuchst …«

»Ja?«, sage ich und senke den Blick.

»Darfst du dann auch die Geparden streicheln?«

Ich zögere mit der Antwort, und da meldet sich plötzlich Xakiima zu Wort.

»In Somalia gibt es auch viele Geparden, sogar eine eigene Rasse, den Somali-Gepard.«

»Danke für den interessanten Vortrag, Xakiima«, sagt Sara. »Aber ich rede gerade mit Vilde.«

Ich verstehe nicht ganz, wieso Xakiima nach Saras gemeiner Abfuhr weitermacht, als könnte sie den *Aus*-Knopf nicht finden.

»Manche nennen ihn auch Sudan-Gepard«, sagt sie.

»Okayyyyy.« Sara spricht das an sich kurze Wort extrem gedehnt aus und verdreht die Augen, um uns mitzuteilen, dass Xakiima psychologische Hilfe braucht.
Silje grinst. Xakiima zupft an ihrem Rock herum und zieht sich aus dem Kreis zurück. Kriss, der von dem Auftritt nichts mitbekommen hat, muss mit dem Skateboard ausweichen, um sie nicht umzufahren. Ich müsste eigentlich was sagen, aber es geht alles so schnell. Darum brabbele ich einfach drauflos, um die peinliche Situation zu überspielen.
»Ich hab nicht so viel mit den Geparden zu tun, um die kümmern sich andere.«
»Oh.« Silje sieht enttäuscht aus.
Es wird still. Sara schaut auf ihr Handy.
Ich atme tief ein und sage: »Beim letzten Besuch hab ich mich die ganze Zeit um ein Tigerjunges gekümmert.«
»Oh«, sagt Silje noch einmal, aber jetzt klingt es, als hätte sie einen Regenbogen verschluckt.
Daniel steht mit offenem Mund da. »Das ist nicht dein Ernst? Tiger sind sooo cool!«
»Und ziemlich gefährliche Raubtiere«, sagt Kriss mit der Stimme eines alten Mannes mit Tropenhelm aus einer Naturdoku im Fernsehen.
»Dieser Tiger nicht«, erzähle ich. »Der war noch so klein, dass ich ihn mit der Flasche füttern konnte. Seine Mutter hat ihn nicht angenommen. Das passiert manchmal.«
»Boah, hast du ein Glück!«, sagt Silje.

Wir sitzen zusammen mit der Parallelklasse auf dem Boden vor der Bühne, als Geir mit Schweißperlen auf der Stirn hereingerauscht kommt. Er schiebt die Unterlippe vor und bläst sich ein paar rote Locken aus dem Gesicht. Er trägt einen Stapel Manuskripte, Ringmappen und lose Zettel, auf denen ein Becher Kaffee hin und her rutscht.

»Ojojoj«, sagt er und beschleunigt auf die Bühne zu. »Wenn das hier gut geht, geht alles gut.«

Als Geir zur Landung ansetzt, ohne einen Tropfen Kaffee zu verschütten, lacht Kriss am lautesten von allen. Die beiden haben ein bisschen Ähnlichkeit miteinander. Außer dass Kriss keine hundert Kilo wiegt und knallbunte Hemden trägt. Und außer dass Geir vielleicht nicht immer weiß, dass er komisch ist.

Ich sitze zwischen Kriss und Silje, direkt hinter Daniel und Sara. Am anderen Ende der Bühne sehe ich Xakiimas schwarzen Hidschab. Sie sitzt alleine für sich. Ich hätte wirklich was sagen sollen, als Sara sie so von oben herab behandelt hat.

»Zeit für ein Spiel!«, ruft Geir.

Alle stöhnen.

»Ich weiß, dass ihr es gar nicht erwarten könnt, mit dem eigentlichen Programm loszulegen. Aber dazu müssen wir erst ein eingeschweißtes Team werden!«

Geir klatscht in die Hände, als wollte er zwei handtellergroße Schulklassen zu einem Teig verkneten.

»Wir sind doch total eingeschweißt«, ruft Kriss und kuschelt sich an Daniel. »Sehen Sie nicht, unsere Köpfe sind schon zusammengewachsen.«
»Super, Jungs. Dann können wir ja starten«, sagt Geir begeistert.
Die nächste halbe Stunde machen wir Übungen, die mindestens so komisch wie peinlich sind. Wir improvisieren kurze Szenen. Entwickeln Geschichten, in denen jeder nur ein Wort sagen darf. Und wir imitieren Tiere. Geir allen voran mit dem misslungensten Elefantentrompeten, das ich je gehört habe, und einem vor sich ausgestreckten Arm als Rüssel. Staubige Sonnenstrahlen wischen über unsere Gesichter, als wir über die Bühne schreiten und hopsen und laute und leise Tiergeräusche in den hohen Raum rufen. Ich bin mir nicht ganz sicher, ob ich eher Spatz oder Delfin bin, aber in jedem Fall ein Tier, das besser drauf ist, als ich seit Langem bin. Und die ganze Zeit habe ich Augenkontakt mit Daniel, Sara, Silje oder Kriss. Ich vergesse fast, dass ich neu in der Klasse bin. Das ist total schön, aber auch ein bisschen unheimlich und ungewohnt. Gerade heißt es mal nicht: Vilde gegen den Rest der Welt.
Nach dem Theaterspiel fragt Geir mich, worauf ich Lust hätte.
»Kann ich in die Tanzgruppe?«, frage ich und beiße mir auf die Lippe.
Die Tanzgruppe übt in der Schulküche. Acht Mädchen und Kriss.

Sara übernimmt sofort die Chefrolle und verteilt die Aufgaben wie Tische und Stühle wegräumen und die Musik raussuchen. Sie selbst sitzt in Leggins auf dem Boden und macht Dehnübungen. Ich frage mich gerade, ob Sara vielleicht die Tanzgruppe leitet, als eine Lehrerin kommt.
»Ich sehe ein neues Gesicht«, sagt sie, stellt den CD-Spieler ab und reicht mir die Hand. Sie heißt Liv Schwarz, was total gut passt, weil sie von Kopf bis Fuß in Schwarz gekleidet ist. Auf der Nasenspitze balanciert eine Brille mit schwarzem Gestell. Sie erinnert mich an eine unserer russischen Trainerinnen beim Team-Gym, nur scheint sie viel freundlicher zu sein. Liv erzählt, dass sie eigentlich Kunst und Werken unterrichtet, aber auch einen Hintergrund als Tänzerin hat.
»So, meine Ballerinas«, sagt Liv mit tiefer Stimme. »Wir beginnen wie gewohnt mit einer Runde Impro-Tanz zum Aufwärmen.«
Impro? Oje. Es ist eine Sache, auf der Bühne herumzukrauchen und Tiergeräusche zu machen. Das war trotz allem nur ein Spiel. Aber Tanzimprovisation? Mit den anderen, die schon seit Monaten zusammen üben?
Ich denke an mein Gym-Team und habe eine Idee: Warum nicht die lustigen Abschnitte aus meiner persönlichen Gym-Kür aufführen!
»Soll ich jetzt schon als weißer Schwan auftreten?«, fragt Sara.

»Nein, jetzt wärmen wir uns erst einmal auf«, sagt Liv, ohne sie anzusehen.
Gleich darauf strömt schöne klassische Musik durch den Raum und verwandelt die Schulküche in eine Probebühne für junge Tänzer in eng anliegenden, knallbunten Trainingsklamotten.
Ich knie mich auf den Boden, die Nase am Boden und die Arme vor mir ausgestreckt. Es fühlt sich komisch an, die Kür ohne die gewohnte Gruppe durchzuführen. Der Boden ist hart. Aber ich will es trotzdem probieren. Mit einer Wellenbewegung von den Fingerspitzen bis zu den Schultern richte ich den Oberkörper auf und lasse mich wieder vornüberfallen, ehe ich mich auf den Rücken rolle und die Beine hochstrecke.
Als ich aufstehe und die Rückwärtssequenz beginne, verschwinden alle anderen um mich herum im Nebel: zwei Mädchen, die sich langsam mit über den Kopf gestreckten Armen drehen. Sara, die durch die staubigen Lichtstreifen trippelt. Liv, die uns, mit verschränkten Armen an eine Küchenzeile gelehnt, zuschaut. Ich bin ganz in der Musik, alles um mich herum ist gedämpft und wie in Watte gepackt. Ich überspringe den Salto und die Schraube, gleite stattdessen direkt in den Spagat und mache weiter Wellenbewegungen mit den Armen.
Als ich aufstehe, um eine Serie Pirouetten zu tanzen, bleibt die Zeit stehen. Mein Blick streift nackte Arme und schwarze

Kleider, Silje sagt etwas, und Liv zeigt auf mich, aber ich drehe mich weiter, immer im Kreis. Bis die Drehung von alleine stockt und ich halb auf den Zehen mit seitwärts ausgestreckten Armen stehen bleibe.

Da erst merke ich, dass keine Musik mehr spielt. Keine der anderen tanzt mehr. Sie stehen im Hufeisen um mich herum und starren mich an wie einen Marsmenschen in Tights, der zufällig mitten in einer Gruppe Erdbewohner in Tights gelandet ist. Ich habe es tatsächlich getan. Die ganze Kür läuft noch einmal im Zeitraffer über meine innere Leinwand. Wie lange stehen die anderen schon da und schauen mir zu? Ich sacke in mich zusammen und überlege, was für einen Spitznamen ich wohl ab jetzt haben werde. Die Küchenakrobatin?

Liv beginnt zu applaudieren.

»Was für eine Präzision, Vilde! Was für eine Gelenkigkeit!«

Ein paar Mädchen klatschen ebenfalls. Kriss pfeift.

Nur von einer einzigen Person kommt überhaupt keine Reaktion: Sara.

Sie steht etwas abseits mit starrem Blick wie eine kleine Ballerina in einer Spieldose, nachdem der Deckel zugeklappt wurde. Liv scheint davon nichts mitzubekommen, weil sie erfreut verkündet:

»Da haben wir ja wohl zwei Solistinnen in der Tanzgruppe, wie ich das sehe!«

Sara bewegt die Lippen, aber es kommt kein Ton heraus. Sie räuspert sich.

»In *Schwanensee* gibt es aber nur eine Solistenrolle. Eine Tänzerin, die sowohl den weißen als auch den schwarzen Schwan tanzt.«

»Wie wir das Stück umsetzen, bestimmen wir«, sagt Liv. »Wir sind schließlich nicht das berühmte Bolschoitheater in Russland.« Ihr Blick schweift durch den Raum, der mit einem Mal wieder sehr schulküchenartig wirkt.

Dann geht sie zu Sara und legt ihr einen Arm um die Schulter. Sara lässt sie widerwillig gewähren.

»Und was du sagst, stimmt nicht ganz«, sagt Liv. »*Schwanensee* wurde schon mehrfach mit zwei Tänzern aufgeführt.«

»Whatever«, faucht Sara und windet sich aus Livs Umarmung.

Auf dem Weg aus der Schulküche durchbohrt sie mich noch mit ihrem Blick, ehe sie die Tür hinter sich zuknallt.

Und da stehen wir, eine Lehrerin und eine Handvoll Tänzer mit gesenkten Blicken.

Später in Geschichte glüht mein Kopf, als hätte ich Mist gebaut und wartete nun auf die Standpauke. Silje sitzt neben Sara, als wäre nichts gewesen. Ich habe keine Ahnung, wie viel Sara Daniel erzählt hat oder wie ihre Version der Geschichte ist. Oder was Kriss denkt.

Ich will nur noch nach Hause. Obwohl ich nicht vorhabe,

Mama was davon zu erzählen. Ich weine fast nie, wenn Mama es mitbekommt.
Ich höre Geirs Stimme, die klingt, als würde er seinen Vortrag auf einer Lichtung mitten im Wald halten. Ein Strom losgerissener Worte über Napoleon und die Alpen und tote Pferde und Moskau plätschert an meinem Ohr vorbei. Irgendwann ist auch diese Stunde vorbei.
Ich trödele beim Zusammenpacken meiner Sachen. Warte, bis Daniel, Kriss, Silje und Sara auf dem Schulhof sind, ehe ich meine Federmappe in den Rucksack stecke und den Reißverschluss zuziehe.
Als ich glaube, dass die Luft rein ist, schleiche ich auf den Flur und entdecke im Türschlitz meines Spindes einen gefalteten Zettel.
Ich falte den Zettel mit klammen Fingern auseinander, mein Herz pocht wie das eines kleinen Vogels, weil ich ahne, dass das kein Liebesbrief ist. Mit roter Schrift und Großbuchstaben steht dort ein einfacher Satz, der mir den Atem verschlägt.
ES GIBT KEINE TIGER IN AFRIKA.

4. Kapitel

Als ich Papa das erste Mal besuchte, war ich sieben Jahre alt. Die Sommerferien hatten begonnen, und die Sonne schien überall, außer hinter der hohen Mauer. Ich hatte ein Buch bekommen, das von einem Mädchen namens Lisa handelte. Angeblich sollte es helfen, Geschichten von anderen Kindern zu lesen, die das Gleiche wie ich erlebten. Aber Lisa war viel jünger als ich und spielte mit Bauklötzen, zusammen mit ihrem Freund Max, der eine Lego-Helmfrisur hatte und Lisa Löcher in den Bauch fragte über ihren Vater. Ich hatte keinen besten Freund, der Max hieß, nur eine beste Freundin, Rebekka, aber die fragte nie irgendwas.

Hinter der Eingangspforte drückte ich Mamas Hand wie einen Klumpen Ton, den ich zu einer Hand formen wollte. Der dicke Mann, der sich als »kinderverantwortlicher Mitarbeiter« vorstellte und zur Unterstützung von solchen wie mir da war – Kindern nämlich –, redete leider nur mit Mama.

Mama flüsterte ihm über meinen Kopf hinweg zu: »So etwas sollten Kinder eigentlich nicht erleben.«

Die Antwort des Mannes konnte ich nicht hören, aber auf alle Fälle brachte er Mama zum Lächeln, was mir etwas von meiner Angst nahm.
Lisa in dem Buch war wütend auf ihren Vater, weil der etwas Schlimmes getan hatte, wofür er ins Gefängnis musste. Ich war nicht wütend auf Papa, sondern höchstens auf die, die ihn eingesperrt hatten.
Mama und ich mussten die Schuhe ausziehen und durch einen Metalldetektor gehen, ehe wir ins Gefängnis durften. Es war ein bisschen wie am Flughafen, aber hier war das Ziel ein Land aus Beton, das nicht gerade zum Urlauben einlud. Als Mama durch die Sicherheitsschleuse ging, begann es wild zu piepsen, weil sie so ungefähr allen Schmuck angezogen hatte, den Papa ihr jemals geschenkt hatte. Bei mir piepste es, weil ich die Hosentasche voller Kronkorken hatte, die ich beim Einkaufen vor dem Laden gefunden hatte.
Ein Gefängniswärter führte uns durch einen langen Gang, von dem viele Türen abgingen. Eine von denen schloss er auf. Dahinter war ein zweiter Gang, in dem er auch eine Tür aufschloss. So ging es weiter, bis ich mich wie in einem gigantischen Labyrinth fühlte, aus dem wir niemals wieder herausfinden würden.
Irgendwann erreichten wir den Besucherraum, in dem wir Papa treffen sollten. Mama und ich setzten uns auf ein knarrendes braunes Ledersofa. Auf dem Boden standen zwei rote Sitzsäcke neben einem Kindertisch mit einem Loch in

der Mitte und einem Haufen Duplosteine. Über dem Sofa hing ein altes Bild von einer Frau in einem blauen Rüschenkleid. Mama saß genauso da wie die Frau auf dem Bild, gerader Rücken, hochgezogene Schultern und im Schoß gefaltete Hände. Aber das Gesicht der Frau auf dem Bild war so unheimlich, dass ich nicht hinschauen mochte. Alles im Gefängnis war unheimlich.

Ich hatte so viel an Papa gedacht. Ununterbrochen. Und vermisst hatte ich ihn. Drei Jahre sollte er im Gefängnis bleiben. Ich hatte mir vorzustellen versucht, wie lang ein Jahr war, zwei Jahre, drei Jahre. Ich hab an die Zeit zwischen zwei Geburtstagen oder Weihnachten und Weihnachten gedacht und hab das Ganze dann multipliziert. Aber das war so unvorstellbar, dass ich stattdessen lieber versuchte, nicht zu viel an Papa zu denken.

Ich gab mir echt Mühe, nicht dran zu denken, dass er immer eine Antwort parat gehabt hatte, egal, wie seltsam die Frage war. (Wieso dürfen Katzen nicht in die Schule gehen, Papa?) Dass er im Kino immer laut dazwischengequatscht hatte. Dass er ein echter Komiker war und direkt vorm Einschlafen die lustigsten Geschichten erzählt hatte, sodass ich hellwach und Mama sauer gewesen war. Dass er mich mit seinen großen, superstarken Händen durchgekitzelt und festgehalten, aber auf der Stelle losgelassen hatte, sobald ich Stopp gesagt hatte. Ganz anders als Mama, die überhaupt nicht weiß, wie man zum Spaß miteinander rauft.

Die Erinnerungen verblassten allerdings mit der Zeit immer mehr, bis höchstens noch ein bestimmter Duft im Auto oder die Titelmusik von Papas Lieblingssendung *Goldgräber in Alaska* sie wachriefen.

Als nach kurzem Schlüsselklirren an der Tür plötzlich Papa im Besucherraum stand, kam alles zurück – in dreifacher Stärke. Ich sprang auf und warf mich in seine Arme. Da hing ich dann, die Füße über dem Boden schlenkernd, und für einen kurzen Augenblick war alles gut. Kein Eisklumpen im Bauch, kein Presslufthammer im Kopf. Bis der Wächter kam und Papa aufforderte, mich loszulassen, weil es beim ersten Besuch nicht erlaubt war, sich länger als ein paar Sekunden zu umarmen.

Aber wenigstens waren wir wieder zusammen. Und weil ich sieben Jahre alt war und Siebenjährige ziemlich vergesslich sind, hab ich da einfach verdrängt, dass es nicht immer so sein würde, sondern nur für eine Stunde ungefähr. In dem Augenblick wusste ich noch nicht, dass das stärkste Gefühl, wenn man jemanden im Gefängnis besucht, nicht die Freude übers Wiedersehen, sondern das Traurigsein darüber ist, sich wieder verabschieden zu müssen.

Alles in mir hüpfte Trampolin, ich konnte unmöglich still sitzen. Ich sauste um den Duplo-Tisch wie ein Wirbelwind. Lief zurück zum Sofa, wo ich daran denken musste, nicht zu lange mit Papa zu kuscheln. Und wieder in die Spielecke.

Hin und her. Während ich Mama atemlos schilderte, wie Papas Leben im Gefängnis war. Das wusste ich aus dem Lisa-Buch.

»Papa hat ein Zimmer, das Zelle heißt, aber da dürfen wir nicht rein, Mama.«

»Stimmt«, sagte Papa.

»Papa muss eine Strafe absitzen, und die Strafe ist, dass er eingeschlossen ist, aber das ist nicht deine Schuld, Mama. Und meine auch nicht.«

Papa sah mich mit hochgestrecktem Daumen an.

»In der Zelle gibt es einen Schreibtisch und ein Fenster mit einem Gitter davor, und an der Wand hängt ein Bild, das ich gemalt habe.«

»Das Letzte stimmt nicht ganz, meine kleine Knallerbse«, sagte Papa mit hochgestrecktem Zeigefinger. So nennt Papa mich manchmal. Dafür nenne ich ihn dann »dicke Bohne«.

»Ich habe *vier* Bilder von dir an der Wand hängen«, sagte er.

Ich zischte durch den Raum wie ein aufgeblasener, losgelassener Luftballon. Luftig leicht, weil ich mich nicht länger anstrengen musste, mich an Papa zu erinnern oder ihn zu vergessen, und weil alles wieder gut war. Oder so gut es in einem kleinen Raum mit abgesperrter Tür eben sein konnte, mit über den Boden verstreuten Duplo-Steinen und Papaknuddelverbot.

Am Ende ließ ich mich verschwitzt auf das Sofa fallen wie ein Geburtstagskind nach der Geburtstagsparty. Ich saß neben Mama und Papa und hörte ihren leisen Stimmen zu. Mama streichelte mir über den Kopf, weil Papa das nicht durfte. Sie unterhielten sich über Erwachsenendinge. Auto und Geld, solche Sachen. Nach einer Weile kamen sie auf ein Thema, das Papas Stimme heller werden ließ.

»Eine gute Sache hier drinnen ist, dass ich so viel Zeit zum Lesen habe. All die Bücher, die ich schon immer lesen wollte, für die mir aber immer die Zeit gefehlt hat«, sagte Papa.

»Das hört sich doch gut an«, sagte Mama.

Papa sah mich an.

»Soll ich dir etwas erzählen, das nicht in deinem Lisa-Buch steht?«

Ich nickte mit der Wange an Mamas Schulter.

»Früher sind Gefangene oft als echte Bücherwürmer aus dem Gefängnis entlassen worden, weil sie so viel gelesen haben. Selbst die schlimmsten Schurken, Saufbolde und Taugenichtse. Es gab einfach nichts anderes zu tun. Stell dir das mal vor, ein Bankräuber, der vor seiner Entlassung alle Klassiker durchgeackert hat! Oder der Mörder, der Shakespeare und Ibsen deklariert, wenn er durch das Tor in die Freiheit schreitet!«

»Ich weiß nicht, ob Vilde versteht, wovon du redest. Sie ist sieben«, sagte Mama.

»Oh. Ja. Stimmt«, sagte Papa.

So war Papa schon immer. Entweder redet er mit mir wie

mit einem Baby oder als wäre ich erwachsen. Mama meint, das läge an der fehlenden Übung.

»Hier drinnen glotzen die meisten bloß fern«, erzählte Papa weiter. »Und viele verstehen nicht so gut Norwegisch, und es ist kompliziert, Bücher in ihren Sprachen zu bekommen.«

»Aber du hältst es mit der altmodischen Art?«, fragte Mama.

»Genau«, sagte Papa.

Papa hatte drei Jahre Zeit zum Lesen.

Das ist übrigens der Grund, weshalb ich auch so viel lese. Und weshalb ich mit dem Schreiben angefangen habe. Am Anfang habe ich Papa meine Aufsätze mit der Post geschickt. Und er hat mir Briefe mit Kommentaren zurückgeschrieben. Irgendwann haben wir angefangen, die gleichen Bücher zu lesen und bei meinen Besuchen darüber zu diskutieren. Zum Beispiel über *Die Brüder Löwenherz* (extrem traurig, wir mussten beide heulen) und *Der Fänger im Roggen* (zu schwierig, Papa hat vergeblich versucht, es mir zu erklären).

Mit diesem schönen Erinnerungsbild möchte ich gerne dieses Kapitel abschließen: ein Haufen Verbrecher und Mörder, die friedlich an ihren Schreibtischen sitzen und lesen und lesen.

Denn was dann beim Abschied passierte, damals, bei meinem ersten Besuch …

Dass ich mich nach der kurzen erlaubten Abschiedsumarmung hartnäckig an Papa geklammert habe …

Und der Aufseher Mama auffordern musste, mich mitzunehmen …
Dass Mama mich von Papa losreißen musste, als würden wir mit einem Klettverschluss zusammenhängen …
Wie ich den »kinderverantwortlichen Mitarbeiter« angeschrien und beschimpft habe …
Und wie ich Mama hinterher im Auto angeschrien und beschimpft habe, obwohl sie mir gar nichts getan hatte …
Das lasse ich an dieser Stelle lieber mal aus.

5. Kapitel

Freitag nach der Schule.
Grau, kalt, Regen.
Scheiße!
Tränen, Nerven, Reue.
Scheiße!
Nein, schlimmer.
Kackscheiße.

Was hast du bloß wieder angestellt, Vilde Sofie Lund?

Ich mache die Gardinen zu, werfe mich aufs Bett, ziehe mir die Decke über den Kopf.
Das ist es, was ich angestellt habe: Ich habe der ganzen Klasse, inklusive Lehrer, erzählt, dass mein Vater in Afrika lebt.
Jetzt ist irgendjemand mir und der Wahrheit auf die Schliche gekommen. Und wahrscheinlich ist dieser Jemand das beliebteste Mädchen der Klasse. Die mich hasst, weil ich die Aufmerksamkeit von ihr abgelenkt habe. Ich habe keine Ahnung, was sie jetzt vorhat.

Das Einzige, was ich mit Sicherheit weiß, ist, dass, wenn die Wahrheit herauskommt, für Mama eine Welt zusammenbricht. Wir haben uns vorgenommen, neu anzufangen und nichts von Papa zu erzählen. Falls mich jemand nach ihm fragt, soll ich einfach sagen, dass er woanders lebt.

Lebhafte Phantasie ist was Tolles, wenn man Geschichten schreibt. Aber eine verfluchte Kackscheiße, wenn man versucht, etwas geheim zu halten.

Ich drücke das Gesicht in die Matratze. Ich weine und weine und weine. Mein Kopf ist ein Goldfischglas voller Tränen, kurz vorm Überlaufen, weil ich gar nicht so viel weinen kann, wie Tränen rauswollen. Und mittendrin schwimmt die dumme neonorange Wahrheit und glotzt mich mit großen Augen an. Ich habe alles kaputt gemacht.

Dabei hatte es so gut angefangen. Der erste Tag an der neuen Schule. Geir ist mit mir zusammen vom Lehrerzimmer zur Klasse gegangen und hat die ganze Zeit geredet. Ein paar Wochen vorher hatten Mama und ich ein Gespräch mit der Klassenlehrerin Bente gehabt, der wir genau das erzählt hatten, worauf wir uns geeinigt hatten, und nichts anderes: Wir sind hierhergezogen, und Papa wohnt woanders.

Aber die Klassenlehrerin war am ersten Schultag nicht dort gewesen. Und Mama auch nicht, die auf mich hätte aufpassen können. Nur Geir mit seiner Lockenmähne und den gut gelaunten, neugierigen Fragen.

»Was ist dein Lieblingsfach?«

»Norwegisch.«
»Super! Hast du Geschwister?«
»Nein.«
»Was macht deine Mutter?«
»Altenpflegerin.«
»Und dein Vater?«
»Der lebt woanders.«
Stell dir Geir mit seinem erwartungsvollen Gesichtsausdruck vor, wenn seine Neugier geweckt ist und er auf eine Fortsetzung wartet. Etwas Spannendes.
Und dann stell dir vor, was im Vilde-Gehirn passiert, das ohne zu fragen beschließt, sich eine Geschichte von wilden Tieren und Entwicklungshilfe auszudenken.
Wenn dir das gelingt, bist du echt gut. Ich weiß nämlich nicht, was mich geritten hat.

Mama hat zum Glück Spätschicht, es dauert noch eine Weile, bis sie nach Hause kommt. Ich weine nicht in Mamas Gegenwart. Weil sie das traurig macht. Mamas Freundinnen und die Gemeindekrankenschwester loben mich, wie stark ich bin und dass ich so gut klarkomme, obwohl Papa im Gefängnis sitzt. So stark, dass ich sogar Mama trösten kann.
Zwischendurch wünsche ich mir, es wäre umgekehrt. Heute zum Beispiel. Aber das geht nun mal nicht. Was sollte ich antworten, wenn Mama fragt, wieso ich so verzweifelt

bin? Dass ich Riesenmist gebaut habe und dass Mama von nun an leider auch Geschichten über die Kalahari erzählen muss?
Das ist nicht die Lösung, denn Sara hat ja gerafft, dass da was im Busche ist. Genauer gesagt – Tiger im falschen Busch. Ich habe im Internet nachgesehen. Sara hat recht, wenn tatsächlich sie den Zettel geschrieben hat. Tiger leben nur in Asien. So hat sie mich entlarvt.
Ich ziehe die Bettdecke bis über die Nase hoch, liege da und starre an die Decke wie eine Mumie. Falls Mumien weinen können.
Und natürlich denke ich an Papa. Eigentlich die ganze Zeit. Wenn auch nicht immer mit dem Kopf. Die Sehnsucht schwimmt im Körper herum wie ein schimmernder Schwarm winziger Fische durch das Adernetz. Sie rauschen durch die Arme und Beine und sammeln sich wie Unwetterwolken im Bauch. Als ich noch kleiner war, konnte ich deshalb nie still sitzen.
Wenn ein Problem auftaucht, so wie jetzt das mit Sara und dem Zettel, ist das immer noch ein zusätzliches Problem zu dem allergrößten: dass Papa nicht hier ist.

Bevor Mama nach Hause kommt, verteile ich ein paar Schulbücher und Stifte auf den Küchentisch, damit es aussieht, als hätte ich Hausaufgaben gemacht. Das Essen, das ich mir warm machen sollte, habe ich in einer Plastiktüte unter einem farbklecksigen Malerhemd in der Restmülltonne entsorgt.

Jetzt sitze ich auf dem Sofa und tue so, als würde ich fernsehen.

»Schaust du Nachrichten, Vilde?«, fragt Mama erstaunt.

Ich zucke zusammen und schaue auf den Bildschirm.

»Ja.«

Es läuft eine Reportage über einem Ort, wo Winter ist. Die Leute stapfen im Schneegestöber durch eine Straße mit niedrigen Gebäuden auf beiden Seiten.

»Auf Samisch?«, sagt Mama.

»Ja, aber die reden noch nicht lange Samisch«, sage ich.

Mama mustert mich skeptisch, ehe sie in die Küche geht.

Nach einer Weile ruft sie:

»Ist wirklich alles in Ordnung, Vilde?«

»Ja«, rufe ich zurück.

Wo bleiben eigentlich all die Dinge, die man nicht erzählt? All das, was man für sich behält? Die Schwester in der Schule nennt diesen Zustand *bedrückt sein*. Aber ich bin nicht bedrückt. Ich fühle mich eher viel zu leicht, als würde ich ein paar Zentimeter über dem Sofapolster schweben. Bei jedem Klappern in der Küche zucke ich zusammen. Manchmal stelle ich mir vor, dass alle unschönen Dinge sich in mir ausbreiten wie Gas in einem Ballon, bis ich den Bodenkontakt verliere und in den Himmel aufsteige. Und da oben treibe ich dann mit dem Wind davon, ganz alleine.

Mamas besorgte Stimme macht mir ein schlechtes Gewissen.
»Du siehst aus, als ob du über etwas nachgrübelst.«
Sie setzt sich neben mich und legt mir einen Arm um die Schulter. Ich fühle ihren warmen Mama-Atem auf der Kopfhaut, als sie ihr Kinn auf meinen Kopf legt.
»Was hast du auf dem Herzen, kleine große Vilde?«
Nicht weinen. Auf keinen Fall weinen. Nicht weinen.
Wenn Mama nur nicht so empfindliche Antennen hätte.
Ich muss irgendetwas sagen.
Und da passiert es schon wieder … Was ist nur so schwer daran, bei der Wahrheit zu bleiben? Ich öffne Mama die Tür, rede aber über ein ganz anderes Problem. Etwas, das auch blöd ist, aber nicht so furchtbar, dass es alles durcheinanderwirbelt und Mama in bodenlose Verzweiflung stürzt: Ich sage, dass ich immer noch nichts von dem Buchverlag gehört habe.
»Ach, Vilde.« Mama streichelt meine Wange. Ihre Hand riecht ganz leicht nach dem Essen im Pflegeheim, wo sie arbeitet. »Ich kann mir gut vorstellen, wie schwer es ist, zu warten und im Ungewissen zu sein.«
Mama redet über den sehnlich erwarteten Brief, der nicht kommt, und nicht über Sara und den schicksalhaften Zettel. Und die Tatsache, dass Mama unwissend für das Falsche zu trösten versucht, macht mich so traurig, dass ich gleich wieder losheulen könnte.

Mama beißt sich auf die Unterlippe. Wie immer, wenn sie etwas sagen will, das sie lieber nicht sagen würde.

»Ich finde es nach wie vor unendlich mutig von dir, dass du deine Texte an den Verlag geschickt hast. Es war sehr berührend, was du geschrieben hast. Aber ...«

Ich sehe Mama an.

Sie seufzt.

»Du bist noch nicht erwachsen und konkurrierst vermutlich mit Leuten, die schon seit Jahren schreiben.«

Merkwürdigerweise habe ich darüber noch nie nachgedacht. Und das will ich jetzt auch nicht. In meinem Kopf ist kein Platz für noch mehr verwirrende Gedanken. Der ist gerade ganz leer und weiß.

Ich sitze da und starre auf den absplitternden Nagellack auf Mamas Zeigefingernagel.

»Wenn du möchtest ...« Mama bricht den Satz ab und denkt nach. »Wenn du möchtest, rufen wir beide zusammen den Verlag an. Inzwischen ist wirklich viel Zeit vergangen.«

»Jetzt?«, frage ich.

»Ja, wieso nicht? Du musst dich darauf einstellen, dass du vielleicht nicht die erhoffte Antwort bekommst. Aber zumindest hast du dann Gewissheit.«

Mir fällt ein Satz aus den *Brüdern Löwenherz* ein: »Ich muss, muss doch versuchen, ein bisschen mutiger zu werden. Nur nicht gerade jetzt, wo ich so große Angst habe.«

Das Handy liegt zwischen uns auf dem Küchentisch. Ich fühle mich wie kurz vor einer Ohnmacht und nehme alles wie durch dicken Nebel wahr, während das Freizeichen unablässig aus dem Lautsprecher piepst.

»Wir tun, was starke Frauen tun. Wir gehen unsere Probleme an. Wir wollen Klarheit.« Mama hat angefangen, solche Sachen zu sagen, als Papa ins Gefängnis kam.

Wir werden drei Mal weitergeleitet, und jedes Mal schlägt mein Herz einen kleinen Salto. Dabei versuche ich mir einzureden, dass das Telefongespräch gar nicht so wichtig ist. Verglichen mit den anderen Dingen, die heute passiert sind. Dann denke ich, wie schön es wäre, Papa davon zu erzählen, dass ich vielleicht Schriftstellerin werde. Dass alles Lesen und Schreiben, die Texte, die wir ausgetauscht haben, und seine Kommentare in den Briefen und Telefongesprächen zu so was Großartigem geführt haben.

Schließlich landen wir bei einer Frau mit leiser Stimme, die wie eine Oma mit Kopftuch aus einem Märchen klingt.

»Jan Alexander ist der Herausgeber der Anthologie«, sagt sie, als ob jeder diesen Jan Alexander kennen müsste. »Er hat sich bereits ins Wochenende verabschiedet, soweit ich weiß. Jedenfalls habe ich ihn vorhin in seiner Jacke vorbeigehen sehen.«

Mama beugt sich zum Mikrofon vor. Sie ist es nicht gewohnt, mit eingeschaltetem Lautsprecher zu telefonieren.

»Die Einsendefrist liegt ja jetzt schon eine Weile zurück.«

»Ja. Und ich befürchte, dass die Autoren, die in die Anthologie aufgenommen wurden, bereits Bescheid bekommen haben.«

»Ah ja.« Mama seufzt.

»Wie war gleich der Name?«

Mama sieht mich an.

»Vilde Sofie Lund«, sage ich.

Am anderen Ende ist es still.

»Wie alt bist du, Vilde?«

»Zwölf?«, sage ich mit einem entschuldigenden Fragezeichen am Ende.

Wieder Stille. Nur das Geräusch des schräg ans Küchenfenster prasselnden Regens ist zu hören.

Die Frau redet weiter, langsamer als vorher und in einem ganz anderen Tonfall, als würde sie mit jemandem sprechen, dem gerade ein Klavier auf den Kopf gefallen ist.

»Dieses Mal hast du es nicht bis zum Ende geschafft, Vilde. Aber schreib weiter. Und vor allen Dingen, lies, soviel du kannst. Lesen ist immer gut. Hast du Eltern, die dir Bücher kaufen?«

Ich warte darauf, dass Mama antwortet. Aber sie scheint genug von der Frau zu haben.

»Papa gibt mir viele gute Bücher«, sage ich höflich und ärgere mich im gleichen Moment über meine Antwort. Eine seriöse Schriftstellerin hätte so was niemals gesagt.

»Wie schön, Vilde«, sagt die Frau.

Und damit ist mein Schriftstellertraum zu Ende.

Es gibt nur eine gute Sache über diesen Freitag zu sagen: Er kann unmöglich noch schlimmer werden.

6. Kapitel

Am Montagmorgen nach einem ewigkeitslangen Wochenende radle ich mit Xakiima zur Schule. Unter ihrem Hidschab sprudelt ein unendlicher Gedankenstrom hervor, sie redet wie ein Wasserfall. Was sie am Wochenende gemacht hat. Wieso sie sich heute für schwarze und nicht lila Strümpfe entschieden hat. Und von einem Albino-Elch, der in Schweden gesichtet wurde.

Das passt mir gut in den Kram, weil ich selber kaum einen Ton rauskriege. Mein Kopf ist verstopft von dem, was gewesen ist und was kommen wird.

Was, wenn Sara zwei und zwei zusammengezählt und meine Lüge durchschaut hat? Manchmal habe ich das Gefühl, man sieht mir an, dass mein Vater im Gefängnis ist. Ich habe mir das ganze Wochenende das Hirn zermartert. Und über nichts davon geredet.

Am Samstagvormittag habe ich eine Wand gestrichen und nichts gesagt. Samstagabend habe ich mit Mama zusammen mein Himmelbett gebastelt und nichts gesagt. Und den gesamten Sonntag habe ich auch den Mund gehalten.

»Hoffentlich kriegen wir bald Schnee«, sagt Xakiima mit einem Blick an den Himmel.
Wir fahren auf den Gehweg an der Hauptstraße. Die Straßenlaternen erleuchten die tief hängenden grauen Wolken wie den Bauch eines gigantischen Elefanten.
»Ich mag Schnee«, redet Xakiima weiter und lächelt ihr Grübchenlächeln. »Nicht, weil ich so gerne draußen im Schnee unterwegs bin. Aber er sieht so schön aus. Und dann kann man drinnen bleiben und Sachen machen.«
Xakiima dreht sich zu mir um und scheint darauf zu warten, dass ich sie frage, was für Sachen sie drinnen macht. Aber ich hab ganz was anderes im Kopf.
Viele berühmte Schriftsteller haben Geschichten über Afrika geschrieben, die nicht wahr sind. Ich werde auch berühmt werden, aber nicht als Schriftstellerin und höchstens an meiner neuen Schule. Da werden mich bald alle kennen als die durchtriebene Vilde, die nicht nur einen kriminellen Vater hat, sondern auch noch allen per PowerPoint dreiste Lügengeschichten auftischt.
Wir sind schon fast an dem kleinen Supermarkt. Bis zur Schule sind es nur noch wenige Hundert Meter. Ich sehe sie schon vor mir, die starrenden Blicke im Schulflur. Wer weiß es inzwischen alles? Mit wem hat Sara im Laufe des Wochenendes gesprochen?
Wenn alles rauskommt, kann ich es jedenfalls vergessen, jemals zu den Beliebten zu gehören. Nicht dass mir das wich-

tig wäre. Vermutlich würde Mama nach dem Skandal eh wieder umziehen wollen.
Xakiima betritt zwei Schritte vor mir den Schulhof. Es ist fünf vor halb neun, kurz bevor alle auf einmal durch das Schultor strömen. Ich folge Xakiimas schwarzem Kopftuch und ihrer grünen Windjacke durchs Gewimmel. Traue mich nicht, irgendwem in die Augen zu sehen, weil ich nicht weiß, wer mein Geheimnis kennt.
In dem Augenblick landet eine erste prickelnd kalte Schneeflocke auf meiner Nasenspitze.

An diesem Tag passieren zwei unerwartete, schöne Dinge. Oder eigentlich drei.
Die erste unerwartet schöne Sache ist, dass in der Schule alle wie immer sind. Geir gibt mir meinen USB-Stick mit den Afrikabildern zurück und bedankt sich bei der Gelegenheit noch einmal für das interessante Referat. Daniel lächelt mich mehrmals quer durch den Klassenraum an – wenn er nicht mit Sara beschäftigt ist. Kriss erzählt mir einen Witz von einem Bären, der sich den Hintern mit einem Hasen abwischt. Und Silje sagt zu mir, ich solle es mir nicht zu Herzen nehmen, dass Sara bei der Tanzprobe so eingeschnappt war. Sara selber ist … wie üblich kühl. Aber das war's auch schon. Vorläufig bin ich also sicher.
Die zweite schöne Sache: Xakiima schreibt auch in ihrer Freizeit! Ich kann's kaum glauben. Sie schreibt Gedichte.

Nach der Schule fragt sie mich, ob ich Lust hätte, mit zu ihr zu kommen, Toast zu essen und Hausaufgaben zusammen zu machen.
Die Reihenhauswohnung von Xakiimas Familie ist ein bisschen größer als unsere. Aber sie sind auch doppelt so viele Leute. Auf Xakiimas Schreibtisch in ihrem Zimmer steht ein gerahmtes Foto von einem alten Mann. Das ist ihr Großvater, erzählt sie, als ich sie frage.
»Er war einer der ersten großen Dichter, die das neue Alphabet benutzt haben.«
In dem Moment kommt Xakiimas kleiner nerviger Bruder Abdi ins Zimmer gerannt und fuchtelt mit einer langen Schaumgummistange herum, die er im Hallenbad bekommen hat.
»Was für ein neues Alphabet?«, frage ich, während ich die Schläge der Gummistange abwehre.
»Somalia hat 1972 das gleiche Alphabet wie die Norweger bekommen.«
»Und was hattet ihr davor? Konntet ihr nichts aufschreiben?«
»Hallo?! Wir hatten arabische Zeichen.«
Xakiima erzählt, dass ihr Großvater nicht mehr lebt und dass jetzt sie diejenige ist, die Gedichte schreibt. Die Somalier lieben Gedichte. Früher hatte jede Familie ihren eigenen Dichter.
»Somalia ist eine Dichternation«, sagt Xakiima mit einem

Blick auf das Bild, und ich vermute wegen ihrer tiefen, feierlichen Stimme, dass das ihr Großvater gesagt hat.
Ich erzähle Xakiima von meinen Geschichten. Und dem glücklosen Versuch, veröffentlicht zu werden. Xakiima versteht genau, wie ich mich fühle. Das tröstet mich ungemein. Nicht dass Mamas Trost nicht auch gut wäre. Aber um das richtig zu verstehen, muss man schon selber Schriftstellerin sein.
Bevor ich an diesem Nachmittag zurück zu Mamas Rohkost-Lasagne muss, die wie mit kalter Pappe gefüllte kalte Pappe schmeckt, gründen Xakiima und ich einen Klub:
den Solbakken-Schreibklub.
Die Bezeichnung Schreibklub bei gerade mal zwei Mitgliedern ist vielleicht etwas übertrieben. Aber nicht übertriebener als der Name der Straße, in der wir wohnen. Solbakken. Sonnenberg! Ich kenne kaum einen Ort, wo so selten die Sonne scheint. Das mit dem Berg stimmt. Aber Schattenberg würde es besser treffen.
Die dritte schöne Überraschung an diesem Tag kommt nach der Möchtegernlasagne. Mama legt ein kleines Päckchen auf den Tisch und hält eine Minirede, die sie vorher eingeübt hat. Als Trost dafür, dass der Verlag meine Geschichten nicht haben wollte. Ihre Stimme zittert ein bisschen. Sie redet mir gut zu, dass ich nicht aufhören soll zu schreiben, auch wenn ich auf Widerstand stoße. Dass es vor allen Dingen darauf ankommt, an sich selber zu glauben. Als sie von

starken Frauen in der Geschichte zu erzählen beginnt, fange ich an auszupacken.
In dem Päckchen liegt ein echter schwarz-goldener Füller. In goldener Schreibschrift ist mein Name eingraviert. Er liegt auf einem roten Samtbett in einer schicken Schachtel.
»Gefällt er dir?«
»Ob er mir *gefällt*?? Das ist der schönste Füller, den ich je gesehen habe«, sage ich und drücke Mama ganz fest.

Abends, kurz vorm Schlafengehen, als ich beim Zuziehen der Gardinen noch einmal nach draußen schaue, wirbeln lauter weiße Flocken vor dem Fenster herum. Komisch, denke ich, die Sonne hat nach der Schule den ganzen Nachmittag geschienen, und ziemlich warm war es auch. Dann entdecke ich, dass das Hunderte, Tausende weiße Nachtschwärmer sind, die ein letztes Mal ausschwärmen, ehe der Winter kommt. Sie schwirren ohne erkennbares Muster vor dem stillen orangen Abendhimmel über dem Basketballfeld herum. Jeder auf seiner eigenen, planlosen Bahn, als wüssten sie nicht voneinander. Ich schreibe ein paar Zeilen über das, was ich sehe, wobei ich nicht darauf achte, ob es gut ist oder nicht. Ich will das Gesehene einfach in Worten festhalten, ehe es wieder verschwunden ist.

7. Kapitel

Manchmal stelle ich mir die Strecke von mir bis zu Papa vor, wie ein Vogel, der hoch in der Luft fliegt und auf die Erde herunterblickt wie auf eine Landkarte. Flüsse und Straßen, Wälder und Häuser. Alles, was zwischen hier und dem Gefängnis liegt.
Ich weiß genau, was nötig wäre, damit es nicht mehr wehtut: mit Papa zusammen sein. Aber das geht nicht. Wenn ich daran denke, kann ich kaum atmen.
Als kleines Kind habe ich die Polizei gehasst. Echt wahr. Ich hab über sie geschimpft wie ein kleiner Gangster, sodass selbst Papa die Nase gerümpft hat. Ich wusste es nicht besser. In meinen Augen waren sie es, die Papa festgenommen und eingesperrt haben. Sie waren schuld daran, dass Papa nicht mehr bei uns war. Für mich waren sie durch und durch gemein. Es ist mir etwas peinlich, das zuzugeben, aber ich habe erst mit zehn Jahren allmählich begriffen, dass die Polizisten auch nur ihren Job gemacht haben. Und dass Papa etwas Schlimmes getan hatte.
Da wäre noch was, das ich bisher noch nicht gesagt habe:

Es stimmt, dass wir hierhergezogen sind, weil Mama noch einmal neu anfangen wollte. An einem Ort, wo niemand weiß, dass Papa im Gefängnis sitzt. Aber das ist nicht die ganze Wahrheit.
In dem kleinen Ort, wo wir vorher gewohnt haben, fühlte Mama sich von allen Leuten beobachtet, bei allem, was sie tat. Sie hatte das Gefühl, dass die Leute anders mit ihr redeten. Mitleidig irgendwie. Oder, noch schlimmer, als hätte sie auch ein Verbrechen begangen.
Ich bin am Anfang auch deswegen gehänselt worden. Ein paar ältere Jungs haben mir auf dem Schulhof gemeine Sachen hinterhergerufen. Aber irgendwann hat das niemanden mehr interessiert. Sie hatten sich daran gewöhnt, dass mein Vater im Gefängnis sitzt. Und ich hab mich einfach nicht aufziehen lassen. Es war so wie bei Tommy Engen aus der B, dessen Mutter vor vierzehntausend Jahren mal ihre Brüste im Internet gezeigt hatte.
Als Papa dann zum zweiten Mal ins Gefängnis kam, passierte etwas mit mir. Ich kann mich selber gar nicht mehr genau an alles erinnern. Mit meiner Erinnerung ist wohl auch was passiert.
Irgendwann gab mir der Klassenlehrer jedenfalls einen Brief mit nach Hause, in dem stand, dass ich mich in kurzer Zeit von einer gewissenhaften und eifrigen in eine anstrengende und verhaltensauffällige Schülerin verwandelt hätte. So die Worte des Lehrers. In *meiner* Erinnerung wollten Rebekka

und ich einfach nur ein bisschen cool sein und haben dabei dummerweise einen Abfalleimer auf dem Schulhof abgefackelt oder mit wasserfesten Filzstiften auf Unterlagen gekritzelt, die nicht fürs Bekritzeln gedacht waren: das Auto des Schulleiters. Und so weiter. Ich erinnere mich an schimmernde Fischschwärme im Blut und den mit warmer roter Luft gefüllten Kopf. Alles war besser, als still zu sitzen und daran zu denken, dass Papa schon wieder weg war.

Ich erinnere mich, dass Rebekka und ich irgendwann von einem Lehrer auf frischer Tat bei etwas Unerlaubtem erwischt wurden. Der Lehrer brüllte rum, dass ich genauso wie mein Vater wäre. Ich erinnere mich, dass ich in dieser Zeit mit Team-Gym angefangen habe. Ich erinnere mich, dass ich nie mehr fröhlich war. Ich erinnere mich, dass ich Angst vor fremden Menschen hatte. Ich erinnere mich an das Rauschen in meinen Ohren. Ich erinnere mich, dass ich nachts nicht schlafen konnte, weil ich mir ausgemalt habe, was wäre, wenn Mama plötzlich stirbt.

»Dann kommst du bestimmt ins Kinderheim«, sagte Rebekka.

Das war nicht sonderlich hilfreich.

Ich erinnere mich, dass ich oft bei der Schulschwester war.

Das hat ein bisschen geholfen.

Ungefähr in dieser Zeit begann Mama, über einen Umzug nachzudenken.

Dass das klar ist: Ich liebe Mama genauso doll wie Papa.

Mama ist immer da. Sie hilft mir bei den Hausaufgaben, kocht etwas zu essen. All die langweiligen Dinge. Aber mit Papa ist das anders. Jedes Treffen mit ihm ist ein Fest. Falls ich Papa mal blöd finde, sage ich ihm das nicht, weil wir nur so wenig Zeit zusammen haben. Und obwohl er so groß und kräftig ist, habe ich das Gefühl, dass er beim leisesten Windhauch verschwinden könnte.

Mama ist super. Mama ist stark. Mama ist schwach. Mama fährt total ruckelig Auto, ich muss mich immer an dem Griff über dem Seitenfenster festhalten. Manchmal singt sie laut zur *Mamma Mia*-CD mit, die immer in der Autoanlage steckt. Dann wieder klammert sie sich so fest ans Steuer, dass ihre Handknöchel ganz weiß sind. Manchmal scheint sie genauso klein wie ich oder kleiner, und da kann es passieren, dass sie mich plötzlich verwundert anschaut, weil ihr auffällt, dass sie ja eigentlich die Erwachsene von uns beiden ist.

»Der Mensch ist ein bewundernswert anpassungsfähiges Wesen«, hat Papa geantwortet, als ich ihn gefragt habe, wie er es aushält, Tag für Tag eingesperrt zu sein. Soll heißen: Man gewöhnt sich an alles. Das stimmt vielleicht. Wobei … bei Mamas Superfood ist es schwer …

Ein gewöhnliches Gespräch:

»Müssen wir so was an einem Freitag essen? Da kaue ich lieber an der Tischkante.«

»Vilde! Das ist unglaublich gesund.«

»Warum?«
»Weil es natürlich ist. Wir Menschen sind dafür geschaffen, so etwas zu essen.«
»Ich nicht.«
»Doch, Vilde, alle Menschen.«
»Alle Menschen, denen es schmeckt, auf Wollpullovern rumzukauen.«
»So haben wir uns in der Steinzeit ernährt.«
»Die durchschnittliche Lebenserwartung in der Steinzeit lag bei zwanzig Jahren, Mama.«
»Das kam nur, weil … so viele von Mammuts totgetrampelt worden sind und so.«
»Was für ein Leben. Erst das hier essen und dann auch noch von einem Mammut platt getrampelt werden.«
»Da kannst du ja von Glück sagen, dass es heute keine Mammuts mehr gibt.«

8. Kapitel

Es ist der Tag nach den drei überraschenden, schönen Ereignissen. Es ist fünf vor sieben am Abend. Was gar nicht gut ist, weil Papa noch nicht angerufen hat. Und ich müsste dringend was mit ihm besprechen.

Ich habe irgendwo gelesen, dass sechs Milliarden Menschen Mobiltelefone haben. Papa gehört nicht dazu. Aber eines Tages wird auch er wieder ein Handy haben wie alle anderen. Kurz bevor er seine Strafe verbüßt haben wird, wenn er in eine Übergangswohnung ziehen darf. Seine Strafe verbüßen ist eine freundlichere Bezeichnung für seine Strafe ab- oder im Knast sitzen. Und in Übergangswohnungen trainieren die Gefangenen das Wohnen in Freiheit. Da darf Papa, der im Moment keine normalen Papadinge machen und nur zweimal pro Woche von einem altmodischen Telefon mit Schnur anrufen darf, dann schon wieder ein bisschen mehr normaler Papa sein.

Ich schaue tausend Mal nach, ob das Telefon eingeschaltet und am Ladekabel angeschlossen ist. Es sind nur noch fünf Minuten von Papas Anrufzeit übrig. Donnerstags redet er mit Mama. Und dienstags ruft er mich an, zwischen sechs und sieben Uhr. Zwanzig Minuten dürfen wir dann reden. Wir können ihn umgekehrt nicht anrufen.

Auf dem Kissen neben dem Handy liegt ein Kuscheltier, das ich vor langer Zeit von Papa geschenkt bekommen habe, ein lila Einhorn. Das ist immer dabei, wenn ich mit Papa telefoniere, weil es sich traut, Dinge zu sagen, die ich mich niemals zu sagen trauen würde. Mit hoher Einhornstimme. Früher war das jedenfalls so, als ich noch klein war. Inzwischen habe ich kapiert, dass Einhörner nicht sprechen können.

Manche Sachen sind am Telefon superpeinlich, weil ich weiß, dass außer Papa auch noch andere zuhören. Zum Beispiel, als ich mir in der Schule in die Hose gepinkelt habe. Die Gefängnisangestellten dürfen nämlich Gespräche abhören. Um sicherzugehen, dass Papa und ich keinen Fluchtplan schmieden, ich ihm keinen Kuchen mit eingebackener Feile mitbringe oder ihn nachts mit einer langen Leiter befreie. Lustige Vorstellung.

Mama taucht mit dem Wäschekorb im Türrahmen auf. Legt den Kopf schräg und sieht mich wortlos an. Ich tue so, als wäre ich kein bisschen gestresst, was mir ziemlich gut gelingt. Ich liege auf meinem Bett und chille. Falls Papa zufällig anrufen sollte, kann ich ja mit ihm sprechen.

Mama seufzt und geht weiter.

Noch eine Minute von unserer Sprechzeit. Warum ruft er nicht endlich an? Das kann doch nicht so schwer sein?

Ich boxe gegen das Einhorn, das aus dem Bett auf den Boden fliegt. Im nächsten Augenblick tut mir das Kuscheltier leid, und ich hebe es wieder auf, drücke es an die Brust, kneife die Augen zusammen und stehe einfach nur da.

Da vibriert das Handy auf meinem Kopfkissen.

Das Einhorn unter den Arm geklemmt, werfe ich mich aufs Bett.

Wie gewohnt fragt erst einmal eine fremde Stimme:

»Wollen Sie ein Gespräch von Blablabla annehmen …?«

»Ja!«

Danach erklärt eine andere Stimme, dass das Gespräch aufgezeichnet wird.

Und dann endlich: Papa.

»Meine Knallerbse! Ist das schön, deine Stimme zu hören!«

In der gleichen Sekunde ist alle Nervosität verpufft. Da ist nur noch das leise Rauschen der Erleichterung, wie ein kleines weißes Segelboot auf einem großen blauen Meer. Und ich stehe an Deck und habe einen Sturm überlebt.

»Deine Stimme auch, dicke Bohne«, sage ich. »Und hallo, Gefängnisgurke, falls du mithörst«, schiebe ich hinterher.

Papa gluckst. Ich weine leise, aber das hört Papa nicht.

Papa erzählt, dass er seine Telefonzeit mit einem anderen Insassen tauschen musste, während ich überlege, wie ich Papa nach dem fragen soll, was mir auf dem Herzen liegt.

Papa kommt mir mit einer Frage zuvor.

»Wie läuft es in der Schule? Lernst du was?«

Die gleiche Frage stellt Mama ungefähr jeden zweiten Tag, und ich antworte nicht jedes Mal. Wenn Papa fragt, ist es irgendwie spannender. Als würde man einem Blinden Farben erklären.

»Wir haben in Norwegisch Stilmittel durchgenommen, ich konnte mich noch richtig gut daran erinnern, was du mir beigebracht hast.«

Ich kann Papa von einem Ohr zum andern grinsen hören. Man entwickelt telepathische Fähigkeiten, wenn man oft mit jemandem telefoniert, den man so selten trifft.

»Ich habe in letzter Zeit nicht viel gelesen«, sagt Papa. »Mir fällt's gerade schrecklich schwer, mich zu konzentrieren. Umso besser, dass du viel liest und schreibst.«

Zum Glück fragt Papa nicht nach dem Schreibwettbewerb. Ich habe keine Lust, ihm zu erzählen, dass ich es nicht in die Anthologie geschafft habe.

Papa ist eine Stimme. Eine Stimme mit raspelkurzem Haar. Ein wenig eingefallene Wangen. Groß. Wenn ich auf seinen Schultern gesessen habe – wofür ich inzwischen wohl zu alt bin –, war es ganz schön weit bis nach unten. Die anderen Menschen waren klein wie Ameisen. Eine Münze, von da oben runtergeworfen, hätte jemanden erschlagen können. Papas eines Ohr steht etwas weiter ab als das andere.

Manchmal vergisst Papa, wie alt ich bin. Dann erzählt er Geschichten, die eigentlich nichts für Kinderohren sind.

Und er vergisst anzurufen. Wenn er zu Hause bei uns ist, gibt es keine Schlafenszeiten.

»Du, Papa?« Ich werfe einen Blick über die Schulter hinter mich, um sicherzugehen, dass Mama nicht an der Tür lauscht.

»Ja.«

»Wenn man ein Problem hat, das sich plötzlich anscheinend von alleine löst, ohne dass man weiß, wie …«

Damit spiele ich natürlich auf Sara und den Zettel an, aber so verschlüsselt, dass die Gefängnisgurke bestimmt misstrauisch wird.

»Ja?«, hakt Papa nach.

»Sollte man noch mal nachbohren, um rauszufinden, warum es sich gelöst hat?«

Am anderen Ende ist es still. Normalerweise haben wir keine Schwierigkeiten, unsere zwanzig Minuten zu füllen.

»Es ist natürlich verlockend, ein Happy End einfach hinzunehmen«, sagt Papa schließlich. »Aber eigentlich ist es doch spannender, den Dingen auf den Grund zu gehen, oder? Und vielleicht lernst du noch was dabei.«

»Ja.«

»Erinnerst du dich noch, was Jonathan in den *Brüdern Löwenherz* sagt?«, fragt Papa nachdenklich.

»Nein?«

»Es gibt Dinge, die man tun muss, selbst wenn sie gefährlich sind, weil man sonst kein Mensch ist, sondern nur ein Häuflein Dreck.«

9. Kapitel

Am nächsten Tag in Kunst und Werken fasse ich einen Entschluss. Ich will mir nicht weiter unnötig Sorgen machen.
Ich sitze neben Kriss und kämpfe mit einem Origami-Schwan, der immer weniger wie ein Schwan aussieht, je mehr ich falte. Kriss ist ein ziemlicher Laberkopf, aber ich glaube, dass er eigentlich sehr nett ist.
»Du bist die Einzige, die es geschafft hat, einen Bagger zu falten!«, sagt er.
Ich schiele zum tausendsten Mal zu Sara rüber und weiß, was ich tun will. Ist doch alles pi-po-paletti, wie Geir immer sagt, aber mir lässt das keine Ruhe. Ich muss den Zettel aus dem Kopf kriegen. Darum will ich den erstbesten Augenblick nutzen, in dem ich Sara ausnahmsweise mal ohne Silje im Schlepptau erwische, um sie zu fragen, was Sache ist.
Glücklicherweise muss ich nicht lange warten. In der großen Pause gehen Daniel, Kriss und Silje schon mal vor auf den asphaltierten Platz, wo man skaten und Roller fahren darf.

Ich verstelle Sara den Weg vom Mädchenklo zu den Bänken am Skaterplatz.
»Du, Sara …«
Sie bleibt stehen und zieht sich die dünne blaue Steppjacke an. Wobei sie sorgfältig darauf achtet, dass sich ihre Haare nicht im Reißverschluss verklemmen. Ich wünsche mir das Einhorn her. Dann könnte ich jetzt mit Piepsestimme das Schwierige zu Sara sagen.
Ich nehme innerlich Anlauf und rede so schnell, dass sich die Worte fast verhaken.
»Ich wüsste gerne, was du mir mit der Nachricht nach der Tanzprobe sagen wolltest, weil ich nicht verstehe, was du willst.«
Sara sieht mich mit offenem Mund an und zieht die Augenbrauen hoch. Ich sehe ihr Kaugummi, das still auf der Zunge liegt. Sie hat strahlend blaue Augen und eine hübsch geschwungene Nase.
»Ich glaube, ich versteh nicht, wovon du redest«, sagt sie und spielt unschuldig. Aber der nächste Satz wischt den Zweifel weg. »Ich will nur, dass wir Freundinnen sind. Und Freundinnen helfen einander. Jedenfalls machen sie es nicht schwerer füreinander, oder?«
»Ja«, ist alles, was ich rausbringe.
Sie schaut ungeduldig zum Skateplatz. Um uns herum der übliche Pausenlärm. Ein aufdotzender Ball, Geschrei von der Grundschule. Plötzlich ist alles so laut und aufdringlich.

»Was die Tanzprobe angeht …«, greift Sara den Faden auf. Ihre Stimme ist plötzlich ganz feierlich wie von einer Schülersprecherin. »Du musst wissen, dass mir die Solo-Rolle unendlich viel bedeutet. Ich will mal Tänzerin werden.«
»Aber was ist, wenn Liv darauf besteht, dass ich auch Solistin bin?«, gebe ich zu bedenken.
»Das hängt ja wohl davon ab, was du willst, oder? Es kann dich ja keiner dazu zwingen.«
So einfach ist das also. Wenn Sara mein Geheimnis für sich behalten soll, muss ich aufhören, mich ihr in den Weg zu stellen.
Die Geräusche um mich herum vereinen sich zu einem dünnen Pfeifton. Die Sonne wirft scharfe Strahlenklingen durch die Zweige der Birken an der Schulhofgrenze. Wo sind die starken Frauen, von denen Mama immer redet? Die stark genug sind, durchzuhalten. Die das Richtige tun, auch wenn es schwierig ist. Die sagen, was sie denken, wenn die Situation es erfordert.
Das ist meine Antwort:
»Ich will nur, dass alles wieder gut ist.«
Sara legt vorsichtig eine Hand an meinen Oberarm, als wäre sie keine blonde Erpresserin in coolen Markenklamotten, sondern ein knuddeliger Koala.
»Ich wusste, dass du es verstehst.«

10. Kapitel

Zwischendurch denke ich, dass es das Ganze vielleicht sogar wert war. Dieses unfassbar peinliche Gefühl bei der Tanzprobe, wie beim Popeln beobachtet zu werden oder ohne Hose einen Laden zu betreten. Später mehr dazu. Ich kann jetzt nicht darüber sprechen. Dann schon eher darüber, warum es das eventuell wert war.

Mein Geheimnis ist nach wie vor geheim. Ich bin nicht der größte Skandal der Schule. Ich habe Freunde. Daniel, Kriss, Silje und Sara. Und Xakiima. Darum muss ich nicht mehr dauernd daran denken, was ich alles vermisse aus dem Ort, wo wir vorher gewohnt haben. Und an Papa auch nicht mehr so oft. Höchstens noch tausend Mal am Tag.

Das Problem, dass die ganze Klasse glaubt, Papa wäre in Afrika, ist nicht aus der Welt. Aber warum nicht einfach mit dem Problem leben wie mit der verrosteten Klingel an meinem Fahrradlenker? Und mal ehrlich, wie oft reden wir in der Schule über unsere Väter und was sie machen? Ich halte Emma K. ja auch nicht auf dem Flur an, um sie zu fragen, ob es ihrem Vater immer noch in der Versicherungsbranche ge-

fällt. Obwohl ich weiß, dass er dort arbeitet, seit Emma für alle in der Klasse bedruckte Kulis mitgebracht hat.
Dass Xakiima die Wahrheit über Papa nicht kennt, ist schon anstrengender. Sie kommt oft mit zu mir nach Hause und hat Mama schon häufig gesehen. Aber Xakiima verliert kein Wort darüber. Manchmal habe ich fast das Gefühl, als hätte sie verstanden, dass es kompliziert ist.
Xakiima ... meine Schriftstellerkollegin. Wir lachen die ganze Zeit. Sie ist total cool. Und damit meine ich nicht cool wie eine in den Ferien in Paris gekaufte Handyhülle oder wie mit den Händen in den Taschen Einrad zu fahren oder wie Daniels neue Jacke. Einfach cool wie – Xakiima eben. Ihre Gedichte sind eigenartig. Ohne Reim. Oft ohne richtigen Sinn, jedenfalls für alle außer Xakiima.
Xakiima hat ihren eigenen Stil. Sie zeigt mir Fotos auf ihrem Handy von Kopftuch tragenden Frauen mit hautengen Hosen und Lesebrillen mit Bling, die auf Longboards oder glänzenden Scootern unterwegs sind. »Mipsterz« nennen die sich, eine Mischung aus Muslima und Hipster. Xakiima sieht den Frauen nicht sehr ähnlich. Sie ist ziemlich dick. Und ihre Mutter würde ihr niemals hautenge Hosen kaufen. Was nicht unbedingt daran liegt, dass die Mutter besonders religiös ist, sondern weil Xakiima ... eben dick ist.
Xakiima mag Mamas Essen! Total verrückt. Als sie vorgestern hier zu Abend gegessen hat, haben die beiden auf dem trockenen Knäckebrot rumgekaut und sich übertrieben be-

geistert angesehen wie ein paar zufriedene Biber. Nach dem Motto: Dieses Stück Birkenrinde war aber ganz besonders lecker!

Xakiima und ich schreiben nach der Schule zusammen. Jede auf ihrem Notebook. Xakiima ihre Gedichte. Ich meine Kurzgeschichten. Meistens bei mir, weil man sich nur schwer konzentrieren kann, wenn einem dauernd jemand mit einer Schaumgummistange auf dem Kopf rumtrommelt. Aber wenn wir Abdi länger als eine Viertelstunde ignorieren, stellt er sich mitten ins Zimmer und zieht die Hose runter. Spätestens dann ist es mit der literarischen Magie vorbei. Fünfjährige verstehen davon nicht viel.

Xakiima spürt irgendwie, wenn ich niedergeschlagen bin. Wenn ich nachts vor Bauchschmerzen nicht schlafen konnte oder vor Sehnsucht nicht weiß, wohin. Auch wenn ich nicht mit Xakiima darüber reden kann, warum es mir so geht. Aber es ist gut, dass es sie gibt.

Immerhin reden wir darüber, dass der Verlag meine Kurzgeschichten abgelehnt hat. Und dann sagt Xakiima genau die richtigen Dinge.

»Das gehört dazu, Schwester. Echte Künstler werden nicht von Anerkennung und Geld angetrieben, sie folgen ihrer inneren Stimme.«

Oder:

»Das kann nicht jeder von sich sagen, dass er refüsiert wurde.«

»Refüsiert? Du kannst ja Worte. Was heißt das?«, frage ich.

»Wenn ein Verlag sagt: ›Nix da, kein Bedarf und machen Sie's gut‹.«

Da hab ich heute wieder was gelernt. Ein schönes Wort für etwas alles andere als Schöne.

In der Schule hängen Xakiima und ich nicht zusammen rum. Sie und Daniels Clique sind wie zwei unterschiedliche Planeten. Wenn sie einander zu nahe kommen, besteht die Gefahr, dass es kracht. Die Schulpforte ist wie eine Grenze im All. Mich erinnert das ein bisschen an Weltraumfilme, in denen die Hauptpersonen, nur über einen Staubsaugerschlauch mit dem Raumschiff verbunden, frei im Weltraum schweben. Der winzigste Fehler reicht, dass der Schlauch reißt und der Astronaut haltlos und in langsamen, tödlichen Pirouetten in das leere schwarze Nichts trudelt.

Oh Gott. Pirouetten. Wenn ich nur an meinen oberpeinlichen Auftritt in der Tanzprobe denke, läuft es mir eiskalt den Rücken runter …

Geir hat übrigens beschlossen, dass ich nicht nur in der Tanzgruppe mitmache. Lars, einer der nerdigen Gamer aus der letzten Reihe, soll zwei Weihnachtswitze erzählen, aber das traut er sich nicht alleine. Darum soll ich mit ihm auf die Bühne und auch einen Witz zum Besten geben: Ein Schwede hat zu Weihnachten Wasserski bekommen. Seitdem ist er auf der Suche nach einem See mit Abfahrtspiste.

Zum Totlachen. Lars' Witz ist besser. Was sagen die Kannibalen, als der Weihnachtsmann …

Okay, jetzt ist es wohl mal an der Zeit zu erzählen, was ich mir Peinliches bei der Tanzprobe geleistet habe …

Obwohl, hab ich schon erzählt, dass es schon wieder geschneit hat, aber der Schnee auch diesmal nicht liegen geblieben ist? Trotzdem hat Mama Winterreifen aufziehen lassen. Und weil der eine Reifen zu wenig Luft hatte, sind wir zur Tankstelle gefahren, um ihn aufzupumpen. Dabei ist mir der schwarze Ventilpröppel unters Auto gerollt, und ich musste ewig nach ihm suchen. Die sollten die Dinger viereckig produzieren, damit sie nicht wegrollen können. Bevor wir dann mit dem Auto in die Waschstraße gefahren sind, haben wir noch Hotdogs gegessen. Ich nehme auf meinem immer zwei Streifen Ketchup und …

Okay. Irgendwann muss es ja mal sein. Die Tanzprobe.

Alle Tänzerinnen und Kriss standen im Kreis auf der Bühne. In der Mitte des Kreises standen Sara und ich. Liv hatte uns bei der letzten Probe als Hausaufgabe aufgegeben, uns *Schwanensee*-Clips im Internet anzugucken, um ein paar Ideen für Schrittfolgen zu bekommen. Das Licht auf der Bühne war bläulich gedimmt, und die Gruppe schwieg erwartungsvoll.

Liv erläuterte uns eine Szene, die sie einfügen will und die es in der originalen Ballettvorstellung nicht gibt. Sara sollte Odette sein, der weiße Schwan, und ich Odile, der schwarze

Schwan. Eigentlich begegnen sich die beiden Schwäne nie. Aber in unserer Aufführung sollte sich in einem Dance Off, so einer Art Tanzwettbewerb, entscheiden, wer von uns den Prinzen bekommt.

In *Schwanensee* ist nämlich die supernette und hübsche Odette die große Liebe des Prinzen und Odile ein hinterhältiges Miststück im Dienste eines bösen Zauberers. Sie gibt sich für Odette aus, um ihr den Prinzen auszuspannen.

»Odette fängt an!«

Liv hob die rechte Hand wie eine Dirigentin, worauf Emma K. den CD-Spieler einschaltete.

Sara tanzte mit über den Kopf erhobenen Händen ein paar einfache, aber elegante Schritte. Fast auf Zehenspitzen. Das würde ich auch hinkriegen, ich kannte sogar das Video, aus dem sie das hatte.

Aber ich hatte einen Entschluss gefasst. Wir würden nicht wirklich konkurrieren. Sara musste gewinnen. Ich wusste genau, was ich zu tun hatte. Kurz darauf war Sara fertig mit ihrem zurückhaltenden Tanz, und Liv nickte mir zu.

»Und jetzt du, Odile!«, rief sie.

Ohgottohgottohgott. Mögen alle stolzen und hart arbeitenden Tänzer dieser Welt mir verzeihen. Danke, lieber Gott und Schuldirektor, dass das hier eine handyfreie Schule

ist und wir unsere Mobiltelefone vorm Unterricht abgeben müssen, sodass niemand mich filmen konnte.
Ich hatte keine schönen Schrittfolgen aus irgendwelchen Videos geübt. Ich hatte geübt, mich bis auf die Knochen zu blamieren.
Ich fing mit einer Pirouette an, wie von einem Kind mit randvoller Windel getanzt. Ich trappelte herum, mit abgespreizten Armen wie ein Huhn, und stieß komische Laute aus. Durch den Schamschleier sah ich die schockierten Mienen der anderen. Livs ungläubiges Gesicht. Kriss' nervöses Hüpfen der Augenbrauen.
Aber ich tanzte immer weiter. Oder, na ja, tanzen … Es ist nicht einfach zu beschreiben. Stell dir jemanden vor, der von Fieberkrämpfen geschüttelt, versucht, eine Wespe zu verjagen.
Nach einer gefühlten Ewigkeit schaltete Liv Schwarz endlich die Musik aus.

Ich kann nicht sagen, wie ich es durch den Rest der Doppelstunde geschafft habe. Wir sind sehr schnell zu der Nummer mit dem Ballett-Fail übergegangen, was nicht wirklich eine Erleichterung war. Zwar stand jetzt statt mir Kriss im Zentrum der Aufmerksamkeit, aber jeder seiner absichtlich falschen Tanzschritte erinnerte alle an das, was ich gerade in vollem Ernst vorgeführt hatte.
Am Ende der Stunde hielt Liv mich zurück.

»Wir zwei sollten die letzten Minuten vielleicht dazu nutzen, einen etwas … weniger experimentellen Tanz einzuüben. Nicht dass etwas auszusetzen wäre an …«

Was sie danach noch gesagt hat, habe ich nicht mehr mitbekommen. Der Puls rauschte in meinen Ohren, und die Tränen drückten gegen zwei brüchige Dämme ohne wasserfeste Mascara.

Ich wartete, bis Liv mit ihrer Ansprache fertig war, und erklärte ihr, dass ich keine Solistin sein wollte. Konnte. Weil mich das total stresste und nervös machte und ich nur die Kontrolle über meinen Körper verlieren und mich zum Deppen machen würde, egal, wie viel wir trainierten.

»Jetzt bist du aber zu streng mit dir«, sagte Liv. »Willst du denn wenigstens in der Gruppe mittanzen?«

»Im Hintergrund?«

»Ja?«

Ich war mir sicher, Erleichterung in Livs Stimme zu hören. Sie glaubte offenbar, sich geirrt zu haben, in mir eine begabte Tänzerin gesehen zu haben. Manche Entenküken sind einfach zu hässlich, um Schwäne zu werden.

Später, vor der Gemeinschaftskundestunde, nahm Sara mich im Flur ein Stück beiseite.

»Also echt! Ich weiß gar nicht, was ich sagen soll.«

Wie wär's mit *Danke,* dachte ich.

»Ich dachte ja nur, dass du nicht ganz so viel Einsatz zeigen sollst, aber nicht, dass du dir gleich ein Tanz-Syndrom anschaffst.«

Ich nehme mal an, dass das witzig gemeint war, und versuchte zu lächeln.

Sara zwinkerte verschwörerisch.

»Friends?«

11. Kapitel

Filmabend bei Daniel.

Kurz bevor ich loswill, ruft Papa mit der weltbesten Neuigkeit an.

Er kommt Weihnachten nach Hause!!!

Nur ein paar Tage. Aber er hat Hafturlaub bekommen! Mehr Ausrufezeichen würde ich nur machen, wenn er erzählt hätte, dass seine Entlassung bevorsteht:

!!!

Papa sagt, wer mit Worten umgehen kann, braucht keine Ausrufezeichen oder Smileys, um auszudrücken, was er sagen will. Dabei hat Papa überhaupt kein Handy und kann das gar nicht wissen.

Papas Besuch ist das beste Weihnachtsgeschenk überhaupt. Ab und zu lassen sie ihn aus dem Gefängnis raus. Nie lange, aber länger als die meisten anderen Insassen. Weil er mich hat.

Er kommt fast immer zu meinem Geburtstag. Auch wenn meistens jemand dabei ist und aufpasst, dass er nicht abhaut. Darum habe ich meinen Geburtstagskuchen schon öfter zusammen mit einer Begleitperson gegessen. Man könnte sie bitten, sich still in eine Ecke zu setzen, aber das ist ja auch nicht schön.

»Da freu ich mich so doll drauf, dass ich bis dahin wahrscheinlich nicht mehr schlafen kann«, sage ich.

»Geht mir genauso«, sagt Papa. »Dann sind wir zwei eben zusammen wach, wenn alle anderen schlafen!«

Typisch Papa, so etwas zu sagen. Als wüsste er nicht, dass ich zur Schule gehe.

»Was wünschst du dir zu Weihnachten?«, fragt Papa.

»Nichts«, sage ich. »Oder warte, eine Turnhalle. Direkt vor dem Haus. Da, wo der Basketballplatz ist.«

»Mal sehen, was ich machen kann. Sonst wird's ein Buch.«

»Das ist auch gut«, sage ich.

Dann wird Papa still. Da ist ein Knistern in der Leitung, als der Hörer seine Bartstoppeln streift. Im Hintergrund sind andere Geräusche zu hören, grell, aber weit weg und hohl, irgendwie ein bisschen unheimlich.

»Ich hab dich so lieb, Vilde«, sagt Papa.

»Dito«, antworte ich. Das bedeutet: ebenso. »Doppeldito!«

Während ich also glückselig zu Daniel spaziere, weiß ich noch nicht, dass Kriss ihn angerufen und ihm gesagt hat, dass er nicht kommen kann. Er hatte vergessen, dass er auf seinen kleinen Bruder aufpassen muss. Sara und Silje haben ebenfalls abgesagt, weil sie über die Ballettschule völ-

lig unerwartet Gratistickets für den *Nussknacker* bekommen haben.
Du brauchst jetzt nur noch zwei und zwei zusammenzählen. Oder eher drei abziehen.
Ich bin zum ersten Mal bei Daniel zu Hause. Von außen sieht das Haus aus wie aus einem Hochglanzmagazin für schöner Wohnen. Ein Pfad glänzender Steinfliesen bis zur Haustür und eine Reihe gedimmter Außenleuchten in der herbstlichen Dunkelheit.
Ich drücke die Klingel, worauf drinnen Kirchenglocken erklingen. Gleich darauf höre ich Schritte wie in einem großen, leeren Kirchenraum. Die Frau, die mir die Tür aufmacht, sieht aus wie Mamas Friseurin in dem Ort, wo wir vorher gewohnt haben. Die hat nicht nur Mamas Haare geschnitten, sondern ihr auch noch die Schultern massiert, wenn sie gestresst war.
»Komm rein!«
Ich bin mir nicht ganz sicher, ob das Daniels Mutter ist, sie sieht so jung aus. Und Daniel ist blond und hellhäutig.
Hinter der Tür öffnet sich eine geräumige Eingangshalle mit einer Treppe, die sich in den ersten Stock hochwindet.
»Daniel ist oben.«
Ich ziehe die Schuhe aus, die sie sofort ordentlich auf ein Schuhregal stellt. Neben der Treppe ist eine doppelflügelige Glastür. Als ich die Treppe hochgehe, sehe ich einen riesigen

Fernsehbildschirm und eine Kopfhälfte eines Nachrichtensprechers.

Am oberen Ende der Treppe ist noch ein Fernsehraum.

»Hallo!«, begrüßt Daniel mich. Er lugt über die Rückenlehne eines schwarzen, kantigen Ledersessels. Auf der anderen Seite des Glastisches steht das passende Ledersofa. Daniels halblanges Haar verdeckt das halbe Gesicht.

»Cool, dass du gekommen bist.«

Was antwortet man auf so was? Ich stehe da und starre auf die leeren Plätze auf dem Sofa.

»Die anderen haben abgesagt.« Daniel erklärt mir die Situation. »Da bleibt mehr Pizza für uns«, schiebt er hinterher.

Oje, nervöser Handschweiß! Nur Daniel und ich. Ohne Silies Geplapper und Kriss' Witze und Saras viele Arten, die Aufmerksamkeit auf sich zu lenken. Ich alleine bin also dafür verantwortlich, dass das ein lustiger Abend wird. Ich versuche, mir meine Nervosität nicht anmerken zu lassen.

»Pizza bis zum Platzen!« Die Z und S pfeifen mir um die Ohren.

Auf dem niedrigen Sofatisch stehen so viele Schalen mit Chips und Süßigkeiten, dass wir einen Monat davon überleben könnten.

»Du kannst dich auf Saras Lieblingsplatz setzen«, sagt Daniel und zeigt auf einen Sessel, der noch größer ist als der, auf dem er sitzt, und obendrein noch eine Nackenlehne und eine Fußstütze hat.

»Danke«, sage ich und mache es mir bequem.
»Das musst du probieren.« Daniel schnappt sich eine Fernbedienung vom Tisch und drückt darauf herum.
Mit einem Brummen fährt der Sessel die Rückenlehne fast in Liegeposition.
»Ups, ein bisschen zu viel.« Daniel lacht, und gleich darauf bin ich wieder auf dem Weg nach oben.
Im nächsten Augenblick beginnt der Sessel, mich durchzukneten wie eine große schwarze Lederhand.
»Sag was Trauriges!«, fordert Daniel mich auf.
»What?«, sage ich, während der Massagesessel nach meinen Waden schnappt und auf meinem Rücken herumtrommelt.
»Tu so, als würdest du etwas Trauriges erzählen.«
Ich habe keine Ahnung, worauf er hinauswill, sage aber trotzdem:
»Es ist echt total schade, dass die anderen nicht kommen konnten.«
Durchgerüttelt vom Sessel, zittert meine Stimme unkontrolliert, als würde ich heulen. Total komisch hört sich das an.
»Mehr!«, ruft Daniel.
Ich schaue zum Fernseher, sehe, welchen Film Daniel ausgesucht hat, und sage:
»Oh nein, den Film hab ich schon gesehen.«
Meine Zitterstimme hört sich an, als würde die Welt deswegen für mich zusammenbrechen. Wir lachen uns schlapp.

Das Pausenbild bleibt drei Stunden stehen, wir gucken an diesem Abend keinen Film mehr. Stattdessen unterhalten wir uns über alles Mögliche, mit und ohne Massagefunktion. Alle naselang fällt Saras Name, die beiden scheinen wirklich viel Zeit miteinander zu verbringen. Auch an den Wochenenden. Ich nehme mal stark an, dass sie irgendwie zusammen sind.
Daniel ist nicht nur witzig, er ist auch nett. Und offen. So offen, dass ich auch Lust hätte, ihm mehr von mir und von Papa zu erzählen und warum wir hierhergezogen sind. Oder weshalb ich bei der Tanzprobe wie ein betrunkener Matrose getanzt habe. Aber ich lasse es bleiben.
Daniel erzählt dafür umso mehr. Dass seine Mutter zum Beispiel hart daran arbeitet, glücklich und dynamisch zu sein, aber dabei alles andere als glücklich wirkt. Sie ist ständig auf Achse und wie aufgezogen. Außer wenn sie mit so einer Schlafmaske, wie man sie im Flugzeug kriegt, ausgestreckt auf dem Bett liegt. Daniel erzählt, dass er seinen Vater so gut wie nie sieht. Er fährt ins Büro, bevor Daniel wach wird, und kommt abends selten nach Hause, bevor Daniel ins Bett geht. So ist es, solange Daniel sich zurückerinnern kann.
Als die junge Frau uns selbst gemachte Pizza bringt, erfahre ich, dass das nicht Daniels unerklärlich junge, dunkelhäutige Mutter ist, sondern das bislang letzte Au-pair in einer langen Reihe Vorgängerinnen.

»Eigentlich haben mich Frauen wie Ratana großgezogen«, sagte Daniel. »Sie haben mich gefahren und abgeholt, getröstet und unterstützt. Ich glaube, meine Schwester und ich würden es hinkriegen, Thailändisch zu sprechen, wenn es nötig wäre. Ratana weiß jedenfalls viel besser über meine neuesten Skatetricks oder Schulnoten Bescheid als Papa.«
Daniels Augen, als er das sagt. Da ist so ein Schmerz in ihnen, und der ist echt.
»Du mit deinem Vater in Afrika kannst vielleicht nachvollziehen, was ich meine?«
Ich nicke eifrig und bin mir fast sicher, dass meine Augen denselben Ausdruck annehmen wie Daniels. Von allen Mitschülern der Klasse, die ich kaum kenne, kommt mir Daniel in diesem Moment am wenigsten fremd vor.
Daniel steht auf und schüttelt den Ernst ab. Er holt ein Skateboard und fährt damit durch den Fernsehraum. Ich schaue aus dem Massagesessel zu, wie er das Fernsehregal umrundet und über die Kabel hüpft. Es knallt auf dem Parkett, und ich lache nervös.
»Das kümmert keinen«, beruhigt Daniel mich.
Er tritt auf das Ende des Brettes und fängt es auf. Sieht mich an. In Socken, knielangen schwarzen Skatershorts und einem Trikot mit der Nummer Elf.
»Willst du auch mal probieren?«, fragt er.
In dem weiten Trikot sieht er noch dünner aus, als er ist. Seine blauen Augen haben den gleichen ernsten Ausdruck,

wie ich ihn jeden Tag im Spiegel sehe. Sind Daniel und ich vielleicht seelenverwandt? Es kommt mir fast ein bisschen wie Vorsehung vor, dass die anderen nicht da sind, Venus in einer günstigen Position, oder so was.

Ich stelle mich auf das Brett. Daniel schiebt mich an, und ich stütze mich am Sofa ab. Seine schmalen Finger spreizen sich wie ein Fächer über meinem Kreuz.

»Die Knie beugen«, sagt er. Dann lässt er mich los, und ich fahre einen schönen Bogen um die Sitzgruppe. Und gleich noch einen – *klack, klack* – über die Kabel. Ich schaffe es sogar, mich mit dem hinteren Bein ein bisschen abzustoßen.

Als das Brett ausgerollt ist, mache ich es Daniel nach: Ich trete mit der Fußspitze auf das eine Ende des Brettes und greife nach dem anderen Ende, als es nach oben klappt.

»Skills!«, ruft Daniel.

Ich pose mit dem Brett wie für ein Siegerfoto.

»Und, sehe ich aus wie ein Skater?« Ich versuche, Daniels Blick zu imitieren. Konzentriert und irgendwie fern zugleich.

»Ja, bis aufs *mall grabbing*.« Das Letzte spricht er mit amerikanischem Akzent aus.

»Was bitte?«

»Du hältst das Board am Truck«, sagt Daniel. »Wie die Mädchen, die mit ihren Pennyboards durchs Einkaufszentrum spazieren.«

»Harte Kritik«, sage ich und grinse.

»Halb so wild«, sagt Daniel. »Ich mag dich trotzdem.«

Als ich unter einem sternenklaren Himmel nach Hause gehe, denke ich, dass das Universum ein ganz guter Ort ist. Und Papa kommt Weihnachten nach Hause!
Es ist halb elf, bis ich Mama Gute Nacht gesagt und meine Zimmertür zugemacht habe. Aber vorm Einschlafen muss ich noch ein paar Zeilen schreiben. Ich spüre immer noch das Vibrieren der kleinen Räder unter meinen Fußsohlen und Daniels Hand auf meinem Rücken.
Als Überschrift schreibe ich »Verbundenheit«, auch wenn das wie aus einer Broschüre über Mobbing aus der Schulbibliothek klingt. Aber irgendwie passt es. Ich schreibe von einem Löwenzahn, der mitten auf einer Wiese wächst, aber nicht alleine ist. Neben ihm steht ein zweiter Löwenzahn. Die beiden Blüten wiegen sich im Wind und reiben ihre flaumigen Stängel aneinander.
Ich muss Papa unbedingt was fragen. Wenn man von den Reißzähnen großer Katzentiere (die wirklich in Afrika leben) in der Mehrzahl spricht, heißt es *Löwenzähne.* Aber wie heißt die Blume im Plural? Auch Löwenzähne? Papa liebt solche Fragen. Da hat er etwas, womit er sich beschäftigen kann. Ich hoffe nur, dass er nicht wissen will, wieso ich über Blumen schreibe. Ich kann ihn nämlich nicht anlügen. Dann müsste ich sagen, wie es ist:
Ich glaube, ich bin in Daniel verliebt.

12. Kapitel

Die halbe Klasse hat die Ellbogen auf dem Tisch und den Kopf auf den Händen abgestützt. Der Hausmeister scheint die Tauglichkeit der Heizungsanlage für eine neue Eiszeit zu prüfen. Die Gardinen bauschen sich im warmen Luftzug über den Heizkörpern. Es riecht nach versengtem Hundefell und rostigen Nägeln.

Natürlich bin ich nicht blöd und weiß, dass aus mir und Daniel niemals was werden kann. Da würde Sara komplett ausrasten. Wenn sie mich schon lieber erpresst, als ihre Solo-Rolle in der Weihnachtsvorstellung mit mir zu teilen –, da kann man sich lebhaft vorstellen, wie begeistert sie wäre, wenn ich ihr Daniel ausspanne.

Aber Träumen ist schließlich erlaubt. Was soll man sonst auch groß anderes tun im Religions- und Ethikunterricht. Nicht einmal Geir schafft es, den Stoff einigermaßen spannend rüberzubringen. Bis auf den Ethikteil ist der Unterricht eine Aneinanderreihung langweiliger Geschichten, in denen alle seltsame Namen haben. In der Bibel zum Beispiel Raubebald Eilebeute oder Habakuk. Echt wahr.

Heute erzählt Geir vom Buddhismus, aber er verliert sein Publikum. Als er es merkt, steht er auf und klatscht laut in die Hände.

»Da hilft nur ein Rollenspiel, Freunde!«

Das ist Geirs neuester Tick: Rollenspiele.

»Wer will Siddharta Gautama sein?«, fragt er.

Emma K. meldet sich als Einzige freiwillig, um den indischen Typen zu spielen, der vor fast 2500 Jahren eine Offenbarung hatte und sich von da an Buddha nannte.

»Super, Emma. Aber vielleicht meldet sich ja auch mal jemand anders?«

Geir verströmt Begeisterung. Die Strahlen bohren sich durch den Wärmeschleier und treffen Lars, mit dem zusammen ich bei der Weihnachtsfeier Witze erzählen soll. Es ist das erste Mal, dass ich ihn etwas anderes sagen höre als seinen Witz.

»Muss ich? Oh Gott.«

»Nein, Buddha!«, sagt Geir. Sein buntes Hemd hat dunkle Flecken unter den Achseln.

Siddharta Gautama hat so lange unter einem Baum gesessen und meditiert, bis er superweise war. Emma K. spielt den Baum. Das passt. Sie ist es gewohnt, die Arme in die Luft zu strecken. Lars sitzt zu ihren Füßen, oder Wurzeln, und wartet darauf, dass er endlich kapiert, wie die Welt funktioniert. Es sieht ganz so aus, als könnte sich das Rollenspiel in die Länge ziehen.

Ich schaue zu Daniel. Er trägt einen schwarzen Kapuzenpulli, eine locker sitzende schwarze Trainingshose und Turnschuhe – in der zweiten Stunde haben wir Sport. Er ist auf seinem Stuhl nach unten gerutscht und tippelt nervös mit einem Fuß unter dem Tisch. Dabei dreht er einen Bleistift zwischen den Fingern wie einen Mini-Twirlingstab. Alles, was Daniel macht, sieht aus wie eine Art Tanz. Vielleicht hat das was mit dem Skaten zu tun. Oder er ist so geboren. Obwohl er sagt, dass er Tanzen doof findet, ist es merkwürdig, dass Liv Schwarz sein Talent noch nicht entdeckt hat.

Während Geir von Siddhartas Prüfung erzählt und Emma K. ihre Astarme über Lars' Kopf schwingt, tagträume ich, dass Daniel und ich nach Paris gezogen sind. In meinem Traum sind wir nicht älter als jetzt, aber wir wohnen in einer großen, weiß gestrichenen Wohnung mit Blick über die Stadt und den Eiffelturm, der in der Dämmerung funkelt.

»Warum schreibst du nicht, Liebste?«, fragt Daniel.

Ich schaue leidend aus dem Fenster, das Weinglas an die Brust gepresst. Da Wein genauso schmeckt, wie er riecht, wenn man seine Nase in das schwarze Loch vom Glascontainer steckt, trinke ich Apfelsaft.

»Ich habe eine Schreibblockade«, hauche ich verzweifelt.

»Oh, du Arme«, sagt Daniel.

»Mir fehlen nur noch wenige Seiten von der neuen Novellensammlung, aber ich kriege kein Wort mehr aufs Papier. Und der Verlag drängt.«

Auf der anderen Seite des Boulevards flattert ein Schwarm Tauben vom Dach auf. Jeder Flügelschlag, ehe die Tauben in dem Gewirr aus Licht und Bewegung verschwinden, verstärkt die Unruhe, die mich an diesem Abend quält.

»Komm!« Daniel legt behutsam einen Arm um meine Taille und führt mich vom Fenster weg. »Wir gehen raus und skaten ein bisschen im Betonpark, dann kommst du auf andere Gedanken.«

»Wahrscheinlich hast du recht.«

Daniel haucht mir einen Kuss auf die Wange.

»Mach dir keine Sorgen, Vilde.«

Die Art, wie er »Vilde« sagt, zieht meine Mundwinkel zu einem vorsichtigen Lächeln nach oben.

Als wir mit unseren Skateboards unterm Arm auf den Boulevard hinaustreten, schlägt uns der ganz spezielle Paris-Duft entgegen – Blumen, Croissants und Zigarettenrauch.

Da zuckt Daniel plötzlich zusammen, greift nach meiner Hand und sagt mit bebender Stimme:

»Was macht sie denn hier?«

Ich folge seinem Blick und sehe, was ihn so aus der Fassung bringt.

Sara.

Sie steuert direkt auf uns zu. Nach der neuesten Pariser

Mode gekleidet. Hautenge Hose mit schwarz-weißen Karos. Goldsneakers. Französischer Schal. Mir ist sofort klar, was sie hier macht – in der Stadt der Liebe. Sie wird alles daransetzen, Daniel zurückzugewinnen.

Ehe die Verzweiflung mich mitreißt wie die aufgepeitschten Wassermassen der Seine, die durch Paris fließt, werde ich glücklicherweise von Lars' Jammerstimme aus meinem Tagtraum gerissen.

»Ja, aber was soll ich denn machen?«

Ich schaue zur Tafel, wo Lars und Emma K. noch immer mit ihrem Rollenspiel beschäftigt sind.

»Siddharta hat nichts gemacht«, sagte Geir. »Er hat einfach nur dagesessen und vor sich hin gestarrt.«

»Sei einfach so wie immer, Lars«, flüstert Sara.

Emmas Astarme hängen schlapp herunter. Sie sieht aus wie eine Tanne im Regen.

»Wie lange hat Siddharta unter dem Baum gesessen?«, will Lars wissen.

»Vier Tage!«, sagt Geir aufgeräumt.

Zum Glück klingelt es in diesem Moment.

An diesem Wochenende erlebe ich meinen persönlichen Buddha-Moment. Eine Offenbarung. Der Augenblick, in dem man den großen Zusammenhang erkennt und alles sich verändert. Ich habe ihn, als Mama und ich unterwegs sind und Unterhosen kaufen (ausgerechnet). Aber es offenbart

sich mir keine neue und bessere Welt, sondern ein Sumpf aus Trauer und Enttäuschung.
Mama und ich treiben mit einem Strom Weihnachtsgeschenke kaufender Menschen durchs Einkaufszentrum. Seite an Seite. Aber irgendwie habe ich das Gefühl, dass etwas sich zwischen uns geschoben hat. Etwas Unausgesprochenes, das unsere Schultern nach unten zieht, als würden wir eine schwere Kiste zwischen uns tragen.
»Ich muss noch was für Papa kaufen«, sage ich.
Mein Portemonnaie mit zweihundert Kronen liegt in Mamas Tasche. Die sind für Papas Geschenk eingeplant.
Mama nickt langsam, ich sehe ihr an, dass sie mit den Gedanken woanders ist. Seit Papa erzählt hat, dass er über Weihnachten Hafturlaub bekommt, ist sie irgendwie abwesend.
Am Fuß der Rolltreppe steht ein Weihnachtsbaum, der bis unter die Decke reicht. Er ist fast fertig geschmückt. Eine Frau mit sehr hohen Absätzen hält das letzte Glitterlametta in der einen Hand und den Stern für die Baumspitze in der anderen Hand. Sie scheint keine große Lust zu haben, auf die Klappleiter zu steigen. Neben ihr steht ein Mann mit Lederweste und verkauft Salamis.
»Der könnte ihr doch helfen«, sage ich, als wir die Rolltreppe nach oben fahren.
»Was?«, sagt Mama.
Ich zeige rüber zu dem Salamiverkäufer. Von hier oben sieht man das schüttere Haar auf seinem Kopf.

»Der könnte doch für sie mit dem Stern die Leiter hochsteigen, um ihr das zu ersparen. Der Held des Tages.«
»Oh«, sagt Mama und starrt wieder geradeaus.
Papa hätte gleich verstanden, was ich meine. Uns fallen immer die gleichen Dinge auf. Und wir denken uns beide gerne Geschichten aus.
Papa zum Beispiel: Dummerweise fällt der Mann von der Trittleiter, direkt auf seinen Verkaufswagen. Zum Glück dämpfen die Salamis den Aufprall, und die Verkäuferin hat gerade einen Erste-Hilfe-Kurs absolviert und schient seinen Beinbruch mit zwei Rentiersalamis.
Und ich: Während sie auf den Krankenwagen warten, verlieben sie sich. Danach heiraten sie und kriegen drei Kinder.
Papa: Aber keins der Kinder will die Salamifirma übernehmen.
Ich: Nee, die werden alle YouTuber und Blogger.
So können Papa und ich ewig weiterspinnen.

Ich schlurfe hinter Mama her über den glänzenden Steinboden auf den Laden zu, den sie ansteuert. Wir reden nur noch ganz selten darüber, dass ich Papa vermisse. Obwohl ich ihn kein Stück weniger vermisse als sonst. Eher noch mehr. Nach dem Umzug weg von allen Erinnerungen ist es schlimmer geworden.
Mamas steinzeitlicher Weihnachtslieblingssong *Last Christmas* plätschert aus den Lautsprechern unter der Decke auf

uns herunter, aber sie summt nicht mit. Wir gehen an einem Schuhladen vorbei mit schwarz glänzenden Lackschuhen in allen Größen im Schaufenster. Sie schaut nicht mal hin. Ich denke an Weihnachten und versuche mir Papa in der neuen Wohnung vorzustellen. Seine großen Schuhe neben unseren im Flur. Wo er sitzen wird. Auf dem Sofa oder in dem einzeln stehenden Sessel?
In dem Moment habe ich eine Offenbarung.
Papa kann Weihnachten nicht zu uns nach Hause kommen. Das geht nicht.
Was ist, wenn ihn irgendjemand mit zwei Begleitpersonen im Schlepptau bei uns ein und aus gehen sieht? Was soll ich machen, wenn Xakiima klingelt? Oder wenn eine von Mamas neuen Kolleginnen vorbeikommt, um uns Frohe Weihnachten zu wünschen? Und dann sitzen da zwei womöglich auch noch uniformierte Leute in unserem Wohnzimmer.
Das muss es sein, worüber Mama die ganze Zeit nachgrübelt. Das ist es, was sich zwischen uns geschoben hat. Papa hat über Weihnachten Hafturlaub. Aber er kann nicht zu uns kommen. Und das weiß Mama.

13. Kapitel

Das ist echt mies von Mama. So ein Thema im Café anzusprechen. Im EINKAUFSZENTRUM-CAFÉ! Mitten im Gewimmel.

Andererseits: Eigentlich war ich es ja, die von Papa und Weihnachten angefangen hat. Bestimmt hatte Mama nicht vor, die Bombe platzen zu lassen, bevor wir sicher zu Hause sind.

Aber jetzt sitzen wir jedenfalls in dem Café, und je mehr Mama erzählt, desto mehr zerfällt mein Leben in Scherben.

»Weißt du, Vilde, es kommt vor, dass zwei Menschen, die sich lieben, trotzdem getrennte Wege gehen.«

Nein, würde ich am liebsten rufen. Papa geht nirgendwohin. Er ist eingesperrt. Du bist die Einzige, die ihres Weges geht.

Aber meine Stimme versagt mir den Dienst. Der Kloß in meinem Hals ist so groß, dass ich kein Wort herausbringe. Und Luft krieg ich auch kaum.

»Vilde, Schatz, was soll ich sagen? Ich habe doch auch gehofft, wir würden das gemeinsam schaffen. Aber noch ist ja nichts entschieden.«

Ich bin kein kleines Kind mehr. Ich bin zwölf. Mama kann es so schön verpacken, wie sie will. Aber die zwei tiefen Furchen über ihrer Nasenwurzel bedeuten, dass die Lage ernst ist. Außerdem merke ich es daran, wie sie mich ansieht.
Hat sie doch schon einen Entschluss gefasst? Kann oder will sie nicht mehr? Ich hoffe so sehr, dass sie Papa noch nichts davon gesagt hat.
Sie spricht keins der großen, ernsten Worte aus:
Trennung. Scheidung.
Dabei meint sie genau das.
Mir liegen Hunderte Dinge auf der Zunge. Aber das Einzige, was ich tue, ist, ein kleines Zuckertütchen in kleine Fetzen zu zerreißen.
»Ich hab das auch nicht so gewollt, Vilde«, sagt Mama.
Sie will ihre Hand auf meine zuckerkrümelige Hand legen, aber ich ziehe sie weg. Mama kämpft genau wie ich gegen die Tränen.
Alle Tische um uns herum sind besetzt. Hätte ich laut heulen können, wäre ich vielleicht nicht so wütend geworden. Aber an dem bescheuerten Cafétisch mit den an den Unterarmen klebenden Papierschnipseln platze ich fast vor Wut. Ich habe mich mein halbes Leben lang einen Berg hochgekämpft, auf dessen Gipfel eine ganz normale Familie auf mich wartet. Und jetzt, wenige Meter vorm Ziel, schneidet Mama das Tau durch, und ich rolle den ganzen Berg wieder hinunter.

Der Stuhl scharrt kreischend über die Bodenfliesen, als ich aufspringe. Alle Blicke richten sich auf uns. Mama versucht, mich aufzuhalten.
»Ich finde allein nach Hause«, presse ich zwischen zusammengebissenen Zähnen hervor.

Auf meinem Zickzackweg durch die Menschenmenge kann ich die Tränen nicht länger zurückhalten. Sie tropfen auf die glänzenden Fliesen, als ich an den Läden vorbeilaufe. Ich zittere am ganzen Leib, als ich die Rolltreppe nach unten fahre. Ich will so schnell wie möglich hier raus, ehe mir jemand begegnet, den ich kenne. Ich sehe Mama vor mir in dem Augenblick, als ich losgerannt bin. Ihr Gesicht ist regelrecht in sich zusammengefallen. Dann denke ich an Papa und wie sehr er sich auf Weihnachten freut. Ich weiß, dass es der Gedanke ist, bald wieder mit uns zusammen sein zu dürfen, der ihn aufrecht hält.
Venus hat selten in so einer ungünstigen Position gestanden. Ratet mal, was passiert, als ich endlich die Drehtüren erreiche.
Ich laufe Sara und Silje in die Arme.
»Vilde?«
Ich kann nicht verbergen, dass ich völlig fertig bin, sie sehen es mir auf den ersten Blick an. Und gleich folgt der nächste Schock, als die kühle Sara mich mit echtem Mitgefühl in der Stimme fragt, was passiert ist.

Ich bin nicht in der Lage, zu antworten, und da nimmt Sara mich in den Arm und drückt mich fest an sich. Mitten zwischen allen mit Einkaufstaschen bepackten Menschen und zwischen den beiden großen Pflanzenkübeln vor dem Einkaufszentrum. Ich schluchze an ihre Schulter gelehnt, sie streichelt mir übers Haar, und durch den Tränenschleier sehe ich Siljes besorgten Gesichtsausdruck.

Wir gehen zu dritt zu Sara. Unterwegs erzähle ich schluchzend von meinem Hauptproblem: dass Mama und Papa sich trennen wollen.

»Ich weiß genau, wie sich das anfühlt«, sagt Sara.

»Ja, scheiße, das ist echt schrecklich«, sagt Silje und verzieht ihr rundes Gesicht.

Sara sieht Silje an.

»Deine Eltern sind doch gar nicht getrennt.«

Sara ist alleine zu Hause. Das Haus sieht aus wie das von Daniel. Ein fettes Sahnetörtchen hoch oben am Hang. Wir sitzen in der Küche.

»Wollen wir Eis direkt aus der Packung essen?«, schlägt Silje vor. »So wie sie es immer in Filmen machen, wenn jemand traurig ist.«

Sie geht zum Kühlschrank und sieht uns erwartungsvoll an.

Sara hat ihren Stuhl dicht neben meinen gerückt. Sie sieht mich und nicht Silje an, als sie antwortet.

»Ich glaube nicht, das Vilde gerade so wild auf Eis ist.«

Sara erzählt, dass sie das auch durchgemacht hat, aber sie war noch klein, als ihre Eltern sich getrennt haben. Sie schafft es, das, was ich gerade empfinde, in Worte zu fassen.
»Plötzlich teilen deine Eltern dir einfach mit, dass alles vorbei ist. Und du hast keine Chance, irgendwas dazu zu sagen.«
Silje sitzt am Ende des Tisches und blättert in einer Modezeitschrift. Sie sieht aus, als würde sie sich langweilen. Oder als wäre sie eingeschnappt. Ich weiß nicht so genau, was das Problem ist, hab aber auch keine Energie, mich darum zu kümmern.
Mein Handy vibriert ununterbrochen in meiner Gesäßtasche. Bestimmt ist das Mama.
Der Gedanke, dass Sara mehr von mir weiß als Silje und damit mehr, als wir hier bereden können, ist schon seltsam. Sie weiß, dass Papa nicht in Afrika arbeitet und mich vermisst. Was sie wohl glaubt, dass er macht? Oder hat sie verstanden, dass er im Knast sitzt? Wie auch immer, im Augenblick scheint das keine Rolle zu spielen. Und Sara sagt Dinge, die mir guttun.
»Du wirst es überleben.«
»Oder sterben«, sage ich leise.
»Eins von beidem. Garantiert«, sagt Sara.
Ich kriege sogar ein kleines Lächeln zustande, obwohl meine Wangen sich ganz steif von den getrockneten Tränen anfühlen.

Irgendwann ziehe ich das Handy aus der Tasche und schreibe Mama eine kurze Antwort.

Bin bei Sara. Alles ok.

Ich füge noch ein gebrochenes Herz dazu, lösche es aber schnell, bevor ich auf *Senden* drücke.
Als ich das Handy ausschalten will, sehe ich, dass ich eine Nachricht von einer unbekannten Nummer bekommen habe.

Hallo. Habe versucht, Sie zu erreichen.
Rufen Sie mich doch bei Gelegenheit zurück.
Freundliche Grüße, Jan Alexander Andenes

Zuerst denke ich, dass der Absender die Nachricht an die falsche Nummer geschickt hat. Das ist so eine typische Erwachsenen-SMS. Ich kenne keinen Jan. Aber dann kapiere ich.
Und ein weiteres Mal wird mein Leben auf den Kopf gestellt.

14. Kapitel

Nee, oder? Und was jetzt! Was soll ich machen? Wem erzähl ich zuerst davon? Papa natürlich, dann Mama. Danach Xakiima. Aber erst mal muss ich das Zittern in den Griff kriegen. Der schwere Schreibtisch, der so viel wiegt wie ein Klavier, bebt, als ich die Hände darauflege. Ich muss was schreiben. Keine Erzählung. Nicht jetzt. Jetzt brauche ich eine Liste. Mit allen Dingen, die gerade wichtig sind. Um Ordnung in meine Gedanken zu bringen.

1. Ich wohne im Solbakken.
2. Mama und Papa wollen sich wahrscheinlich scheiden lassen.
3. Ich bin unglücklich in Daniel verliebt.
4. Sara ist ziemlich okay für eine Bitch.
5. ICH WERDE WIRKLICH SCHRIFTSTELLERIN!

Der letzte Punkt strahlt mir in all seiner Unwirklichkeit entgegen. Ich muss das Handy in die Hand nehmen, um mich

zu versichern, dass es wirklich da ist und ich gerade die unglaubliche Nachricht bekommen habe.
Eine meiner Kurzgeschichten ist in die Anthologie aufgenommen worden! Ich bin angenommen worden! Ich, Vilde Sofie Lund, werde Schriftstellerin.

Papa! Was er wohl sagt, wenn er die Neuigkeit erfährt? Da ist nur ein Problem. Ich kann ihn nicht anrufen. Er kann nur uns anrufen, aus einer Art Telefonzelle im Gefängnis. Aber das hier ist eindeutig eine Notsituation!
Ich wähle die Nummer vom Gefängnisbüro und bitte die Frau am Telefon ganz freundlich, Papa auszurichten, dass er zurückrufen soll.
»Geht es um einen Krankheits- oder Todesfall?«, fragt die Frau am anderen Ende.
»In gewisser Weise«, sage ich. »Ich werde krank vor Traurigkeit, wenn ich nicht mit ihm sprechen kann. Und es ist lebenswichtig.«
»Worum geht es genau?«
Ich presse das Handy fest gegen mein Ohr.
»Ich werde Schriftstellerin.«
»Aha.«
»Meine Texte werden in einem echten Buch gedruckt.«
Sie muss doch kapieren, wie viel mir das bedeutet. Papa hat im Gefängnis einen Lesezirkel geleitet und sich dafür eingesetzt, dass die Bibliothek mehr Bücher bekommt.

»Okay, Vilde.«

Ich habe mich nicht mit Namen gemeldet, nur dass ich die Tochter von Herrn Lund bin. Es ist ein bisschen unheimlich, dass sie meinen Namen kennt.

Während ich warte, möchte ein Teil von mir zu Mama laufen und ihr die Neuigkeit erzählen. Aber ich habe mir vorgenommen, dass Papa es als Erster erfahren soll. Außerdem habe ich eigentlich beschlossen, heute Abend nicht mehr mit Mama zu reden und danach ein paar Monate auch nur das Nötigste.

Nach zehn Minuten, die mir wie eine Ewigkeit vorkommen, ruft Papa zurück.

»Vil-de?« Papa klingt beunruhigt und zieht meinen Namen in zwei Silben auseinander.

»Hat die Telefonfrau nichts gesagt?«, frage ich.

»Nein … nur, dass du wichtige Neuigkeiten hättest. Gute Neuigkeiten.«

»Ja.«

Es versetzt mir einen Stich, dass ich auch auf einer extrem schlechten Nachricht sitze – Mamas Entscheidung. Aber das muss ich jetzt wegschieben.

»Sag schon!« Papa lacht.

»Eine Geschichte von mir wird in einer Anthologie abgedruckt.«

Als ich das sage, fange ich an zu heulen. Dabei dachte ich,

dass ich damit für heute durch bin. Unglaublich, wie viele Tränen in mir Platz haben. Wenn ich durchsichtig wäre, sähe ich wahrscheinlich aus wie eine glucksende Wasserflasche.
Am anderen Ende ist es kurz still, dann höre ich Papas Atem – er weint auch.
»Hast du das heute erfahren?«, schnieft er.
»Ja«, schluchze ich. »Gerade eben.«

Ich gebe ihm das Telefonat mit Jan wieder, dem Verlagsredakteur. Und erzähle, dass ich mehrere Kurzgeschichten eingeschickt hatte, damit sie sich eine aussuchen können, die dann gedruckt wird. Jan hat gesagt, ich hätte es knapp durchs Nadelöhr geschafft.
»Echt?«, habe ich ihn mit piepsiger Stimme gefragt.
Nach einer kurzen Pause meinte er, dass er gerne mehr über mich erfahren würde. Beim Googeln hätte er nur ein paar Fotos von einer alten Turnveranstaltung gefunden.
»Oh ja, die Bilder sind wirklich alt«, sagte ich und fügte hinzu: »Mindestens ein Jahr.«
Erneute Stille.
»Wie alt bist du eigentlich, Vilde?«
»Oh Mist«, murmelte ich.
»Was hast du gesagt?«
Das war's dann wohl, dachte ich. Schließlich geht es hier nicht um eine Schülerzeitung.

»Ich bin zwölf«, sagte ich leise, als wäre das keine Zahl, sondern eine peinliche Krankheit.

»Oh.«

Wieder eine Pause.

»Dann wird doch nichts daraus?«, fragte ich mit gequetschter Stimme.

Jan holte tief Luft.

»Doch, selbstverständlich. Das ändert nichts. Ich bin nur ein bisschen geschockt. Du bist die jüngste Debütantin, die wir je … Wenn nicht die jüngste Debütantin überhaupt.«

15. Kapitel

In dieser Nacht schlafe ich unruhig, und unmittelbar vor dem Aufwachen träume ich, dass ich mich in ein ekliges Krabbeltier verwandele. Ich wippe auf dem Rücken hin und her, der zu einem harten Panzer geworden ist, und die Bettdecke rutscht von meinem schuppigen braunen Bauch. Neben meinem Bett steht ein Mann. Ein Schatten fällt über sein Gesicht, das nicht zu erkennen ist. Trotzdem weiß ich, dass das Jan aus dem Verlag ist.

»Was passiert mit mir?«, schluchze ich.

»Keine Ahnung. So etwas habe ich noch nie gesehen«, antwortet Jan. »Aber so kann ich dich unmöglich in die Anthologie aufnehmen. Wir können doch keine Autorin in unserem Verlag haben, die aussieht wie ein …«

»Ein was?«, flüstere ich und versuche, die vielen kurzen Beine ruhig zu halten.

»Ein Käfer!«

Ein verzweifelter Schrei baut sich in meinem Panzerschädel auf, aber als er aus mir herausbricht, ist es nur ein scharfes Pfeifen.

Mama hält meine Hand fest.
»Du hast im Schlaf geschrien, Vilde.«
Ich traue mich kaum, mich zu bewegen. Traue mich nicht, die Augen aufzumachen, aus Angst, die Bettdecke über einen Käferkörper gespannt zu sehen.
Mama legt eine Hand auf meine Stirn.
»Oje, du glühst ja. Bestimmt war das ein Fiebertraum.«
Das Licht der Deckenlampe ist grau und verschwommen, als würde ich mit dem Bett durch ein Nebelmeer treiben.
Mama schickt Geir eine Nachricht, dass ich krank bin. Dann macht sie Tee und stellt einen Teller mit Keksen auf meinen Nachtisch.
»Danke«, sage ich und vergesse einen Augenblick, dass ich in nächster Zeit nicht mehr nett und freundlich zu Mama sein wollte. Wenn es sein muss, so lange, bis sie sich die Sache mit Papa anders überlegt. Ich habe ihr noch nicht erzählt, dass ich eine der Gewinnerinnen des Schreibwettbewerbes bin.
Mama schiebt behutsam das Thermometer in mein Ohr.
»Im Pflegeheim haben viele Bewohner gerade die Grippe. Es ist die Jahreszeit dafür.«
Ich glaube eher, dass ich einfach nur völlig erschöpft bin. Es war einfach alles zu viel in letzter Zeit. Gutes und Schlechtes. Der graue Nebel in meinem Kopf kommt nicht nur vom Fieber, sondern von all den verwirrenden Gedanken.
Das Thermometer piept, und Mama liest die Temperatur ab.

»Dachte ich es mir doch«, sagt sie und streichelt mir ein bisschen zu lange den Kopf. Ich bin nicht in der Lage, mich zu wehren.
Mama muss zur Arbeit, verspricht aber, zwischendurch anzurufen und zu hören, wie es mir geht.
»Wann willst du es Papa sagen?«, frage ich sie, als sie gerade gehen will.
»Was?«
»Du weißt schon.«
Sie dreht sich um, eine Hand am Türrahmen, und schaut auf den Boden.
»Bald«, sagt sie leise.
Ich höre, wie sie die Wohnungstür auf- und wieder zumacht. Und nehme mir vor, genauso lange zu warten, bis ich ihr erzähle, dass ich Schriftstellerin geworden bin.

Ich gleite in den Schlaf hinein und wieder hinaus. Zwischendurch knabbere ich einen Keks, taumele ins Bad und krieche wieder unter die Decke. Zum Glück habe ich in dem Dämmerzustand keine schrecklichen Fieberträume. Aber klar denken kann ich auch nicht. Ist es wirklich wahr, dass eine Kurzgeschichte von mir veröffentlicht wird? Und werde ich tatsächlich bald ein Scheidungskind sein? Ist dies mein Zimmer? Wie bin ich hier gelandet? Wie findet Daniel mich? Ist Sara eine echte Freundin, oder tut sie nur so?
Der einzige Gedanke, den ich zu fassen kriege, ist der, dass

ich mich darauf freue, wieder gesund zu werden, damit ich Xakiima von dem Buch erzählen kann. Sie wird ausflippen vor Freude. Das ist ein Sieg für uns beide, für den Schreibklub Solbakken.

Stunden später werde ich vom Vibrieren meines Handys auf dem Schreibtisch geweckt. Meine Beine sind wie Gummi, als ich zum Schreibtisch wackele, aber der Schwindel ist weg. Und meine Augen können wieder scharf stellen. Ich habe einen Snap und eine SMS bekommen.
Der Snap ist von ... Daniel!
Als ich sein Foto sehe, hüpft mein Herz durch meinen fieberheißen Körper.
Er schreibt:

Krank? Das Datum für den Weihnachtsball steht jetzt fest! Limos verboten. Geir will singen! Das wird krass. Mehr Info morgen dann. Wen soll ich fragen? Was, wenn keine Ja sagt???

Weihnachtsball? Das ist mir neu. Der Text ist verwirrend. Wollte Daniel in einer Limousine vorfahren? Ist das ironisch gemeint? Findet er es wirklich krass, dass Geir singt? Die Frage am Ende muss auf alle Fälle ironisch sein. Alle Mädchen aus der Klasse würden ohne Bedenkzeit Ja sagen. Und Daniel wird auf alle Fälle Sara fragen.

Ich würde am liebsten einen Screenshot machen, aber das würde Daniel ja sehen. Also stelle ich mir das Selfie einfach vor.
Daniel mit seinem interessanten Blick, offen und verschlossen zugleich. Die Lippen mit den klaren, ein bisschen weichen Konturen. Die Haare, die über den Augen hängen. Ich wünschte, er wäre auch in der Tanzgruppe, weil ich dann den ganzen Schultag mit ihm zusammen sein könnte. Obwohl Sara garantiert dafür sorgen würde, ein Solo mit ihm zu kriegen.
Daniel.
Ich flüstere seinen Namen, was fast ein bisschen wehtut.
Dass aus ihm und mir niemals etwas werden kann, ist für mich merkwürdigerweise nicht das Schlimmste. Schlimmer finde ich, nicht mit ihm über … alles reden zu können. Ich glaube, er würde verstehen, wie ich mich fühle. Vielleicht sollte ich es also tun? Aber vielleicht nicht in einer fieberverwirrten und verknallten Nachricht.
Ich schreibe zurück:

Nicht todkrank, morgen wieder in der Schule. Geir rules.
Ich glaub, ich freu mich auch auf seinen Auftritt.

Die andere Nachricht ist von Jan. Mein Herz hüpft schon wieder.

Hallo Vilde. Wir würden Dich gerne in den Verlag einladen. Wie wäre es nächsten Montag? Nach der Schule? Dann können wir über das Buch reden. Und Du kannst Dir anschauen, was wir hier so treiben. MfG, Jan

Ich bin in einen echten Verlag eingeladen! Um Leute zu treffen, die alles über Bücher wissen. Und vielleicht aus der gleichen Tasse Kaffee zu trinken, aus der schon ein weltberühmter Autor getrunken hat. Obwohl, ich trinke ja gar keinen Kaffee. Ich weiß noch nicht mal, wie ich in die Stadt komme. Es führt kein Weg daran vorbei: Ich muss mit Mama reden und sie um Hilfe bitten.

Mir gehen so viele Sachen gleichzeitig durch den Kopf, dass ich mich schon wieder ganz benommen fühle. Ich atme tief ein und aus, stütze den Kopf in die Hände und starre auf den Schreibtisch. Wie immer bleibe ich an den Rillen in der Tischplatte hängen, die ein fest aufgedrückter Kugelschreiber hinterlassen hat. Kreuz und quer ziehen sie sich über die Holzplatte. Ich fahre mit dem Finger darüber. Buchstaben. Worte. Aber welche?

Vielleicht ist es das Fieber, das meine Gedanken in eine neue Richtung lenkt. Nach mehreren Jahren an diesem Schreibtisch habe ich nämlich plötzlich eine geniale Idee.

Ich laufe in Nachthemd und Socken in die Küche, ziehe die Schublade unter dem Herd auf und nehme ein Blatt Butterbrotpapier heraus. Zurück an meinem Schreibtisch, lege ich das halb durchsichtige Papier über die gerillte Schreibtischplatte, wie ich es mal vor Ewigkeiten in einem Micky-Maus-Heft gesehen habe. Ich nehme einen Bleistift aus meiner Griffelmappe und beginne, auf dem Papier zu schraffieren. Die Bleistiftspitze hüpft über die Unebenheiten. Die grau schraffierte Fläche wird immer größer. Und nach und nach erscheinen heller schraffierte, krakelige Wörter. Als ich fertig bin, halte ich das Blatt an die Scheibe. Und plötzlich kann ich lesen, was dort steht.

Halt durch:
Die Band zusammenbringen
Bibliothekar – Ausbildungsanforderungen prüfen
VW Käfer. Cabrio?
Überall: Marianne und Vilde

Was ist das für eine Liste? Und warum sind Mama und ich darauf erwähnt? »Marianne und Vilde« steht am Schluss. Ich starre lange auf das Blatt. Bläuliches Dämmerlicht fällt durchs Fenster auf das weiße Papier. Es ist so still, dass ich mein Herz schlagen höre.
Hat Papa das geschrieben?
Die Band zusammenbringen? Ich glaube mich zu erinnern, dass Papa mal von einer Band erzählt hat, in der er vor langer Zeit gespielt hat. Dass er Bibliothekar werden wollte, hat er nie erzählt. Aber es würde passen.

Ich lese die Liste noch einmal durch, und dabei fällt mir ein schwacher Strich über dem »Cabrio« auf. Papa konnte sich nie entscheiden, ob er ein offenes Auto schön oder unpraktisch fand. Jedenfalls erinnere ich mich, dass er früher bei jedem bobbeligen, alten Käfer, den wir gesehen haben, »Guck mal, Vilde!« gerufen hat.
Offenbar hat Papa die Liste geschrieben, bevor er ins Gefängnis musste. Eine Liste über die Dinge, die ihm helfen sollten, durchzuhalten. Dinge, auf die er sich freuen konnte, wenn er endlich entlassen würde.
Nur den letzten Punkt auf der Liste verstehe ich nicht ganz.
Überall: Marianne und Vilde.
Mama und ich, hier und dort?
Dann sehe ich, dass ich mich verlesen habe. Da steht: Über alles. Das heißt, dass Mama und ich ihm wichtiger sind als alles andere.
Ach, mein armer, kleiner, großer Papa.
Über alles: Marianne und Vilde. Daran hat er gedacht und hat es aufgeschrieben. So wie ich mit meinen Listen, wenn ich Ordnung in meine Gedanken bringen will. Mit dem Unterschied, dass er mit so viel Druck geschrieben hat, dass es Spuren auf der Tischplatte hinterlassen hat.
Der Gedanke an uns drei zusammen hat ihn durchhalten lassen. Dabei gibt es uns drei eigentlich gar nicht mehr. Aber das weiß er noch nicht.
Ich knülle das Papier zusammen und werfe es so fest ich

kann gegen die Wand über dem Bett. Aber Papier ist viel zu leicht und lautlos. Außerdem werfe ich da gerade Papas Traum einfach weg.

Dummerweise ist der neue Füller in Reichweite. Die goldenen Ringe um den Schaft glänzen schwach auf dem roten Samtstoff. Ehe ich nachdenken kann, ist es passiert.

Der Stift zerbricht wie ein trockener Zweig zwischen meinen Händen.

Die Reue setzt umgehend ein, mir schießen Tränen in die Augen, aber ich bin zu wütend, um etwas dagegen zu tun.

Ich fasse einen Beschluss. Mama wird nicht mit in den Verlag kommen. Sie wird nicht einmal erfahren, dass ich dort eingeladen bin. Ich werde Xakiima fragen, ob sie mitkommt.

16. Kapitel

»Wie wär's mit Pfannkuchen?«, schlage ich vor.
»Oh ja, und Malawax!«, ruft Xakiima begeistert.
»Malawas?«
»Malawax!«
»Was ist das?«
»Somalische Pfannkuchen.«
»Genial! Pfannkuchen und Pfannkuchen!«
Wir wirbeln von der Schule nach Hause und machen Pläne für das große Fest des Schreibklubs Solbakken. Übermorgen. Bei Xakiima, die dann alleine zu Hause ist. Ihre Eltern und Abdi wollen irgendwelche Verwandten besuchen.
Die Straße ist von einer dünnen Schicht Neuschnee überzogen, unsere Spuren laufen in alle Richtungen, als wäre eine Kindergartenhorde hier vorbeigezogen. Xakiima ist total aufgedreht. Vor dem Zebrastreifen beim Supermarkt bleibt sie stehen und drückt mir ihren Zeigefinger in den Bauch.
»Ist das zu fassen?« Xakiima sieht mich mit offenem Mund, großen Augen und geweiteten Nasenlöchern an. Allein der

Hidschab scheint alles zusammenzuhalten. »Zwölf Jahre und schon eine Schriftstellerin!«

»Ich bin vermutlich dreizehn, bis das Buch rauskommt«, sage ich bedauernd.

Mir schwirren so viele Sachen im Kopf herum, dass Xakiima fast wie die Glücklichere von uns beiden wirkt. Sobald Xakiima ein paar Sekunden still ist, sehe ich den zerbrochenen Füller vor meinem inneren Auge, der in Klopapier eingewickelt und Tinte blutend auf dem tiefsten Grund meines Papierkorbes begraben ist.

Zum Glück sind die stillen Momente nicht sehr zahlreich.

»Wahnsinn, bald steht dein Name in einem richtigen Buch!«, ruft Xakiima begeistert und zieht mich rückwärts über den Zebrastreifen.

Sie freut sich riesig auf den Verlagsbesuch nächste Woche. Ich habe ihr erzählt, dass Mama Spätschicht hat und deshalb nicht mitkommen kann. Für Xakiima scheint es selbstverständlich zu sein, dass man für so etwas keine Erwachsenen braucht. Sie fährt auch manchmal alleine ans andere Ende der Stadt, um ihre Cousine zu besuchen.

Der Weihnachtsball ist das Gesprächsthema Nummer eins in der Schule. Den ganzen Tag geht es um nichts anderes. Es fängt mit einer Informationsveranstaltung vom Direktor an. Er redet über Kleiderordnung und Erscheinungspflicht, Aufsichtsplan und Ausschank und dass es einen Schrieb an

die Eltern geben wird. Ich hab keine Lust, mich allzu sehr zu engagieren. Bestimmt kriege ich einen der Gamer als Kavalier und muss mir den ganzen Abend irgendwelches Nerd-Gelaber über neue Expansions anhören.
Da werfe ich doch lieber heimliche Blicke zu Daniel rüber und träume mich zurück nach Paris, wo wir zu einem Ball eingeladen worden sind, neben dem der Weihnachtsball hier wie … ja, wie ein Weihnachtsball an einer Grundschule wirkt.

In Sport üben wir Polonaise.
»Auch wenn es sich nach einer quälenden Infektion im Hals-Nasen-Ohren-Bereich anhört«, sagt Geir, »handelt es sich bei der Polonaise um einen traditionellen, in einer langen Reihe ausgeführten Tanz, bei dem man sich an den Händen fasst. Eine festliche Tradition.«
Ich lande neben Kriss, der ungefähr doppelt so groß ist wie ich.
»Hier oben ist super Wetter. Wie ist es unter den Wolken?«
»Was?«
Ich muss mindestens drei Schritte machen, wenn Kriss einen macht. Er sieht aus wie ein durch die Dunkelheit schleichender Comicschurke. Daniel auf der anderen Seite der Halle, Hand in Hand mit Lars, versucht vergeblich, ernst zu bleiben. Silje und Sara sind genau vor uns und kichern

jedes Mal los, wenn Kriss sie von hinten anrempelt und auf mich warten muss.
Später stehen wir im Kreis und gucken Geir und Liv Schwarz dabei zu, wie sie Standardtänze vorführen. Geir hat seine dicken Haare in einem Pferdeschwanz zusammengefasst und schwingt seinen fülligen Körper voller Ernst und Leidenschaft hin und her. Liv lässt sich führen und schließt zwischendurch sogar die Augen. Es sieht aus, als wäre dies ihr letzter Tanz, bevor Geir in den Krieg zieht und Liv den falschen Mann heiratet. Die halbe Klasse schaut betreten auf ihre Schuhspitzen. Kriss pfeift und formt ein Herz mit den Fingern.

In der Mittagspause, gleich nach dem Essen, kommt Xakiima an meinen Tisch, um weiter mit mir für die Feier am Freitag zu planen. Sara und Silje stehen an der Tür und warten auf mich, Daniel und Kriss sind schon draußen.
Xakiima will wissen, ob ich nach den Pfannkuchen Lust auf einen Film habe.
»Ich habe ›Filme über Schriftsteller‹ gegoogelt und fünfzig Vorschläge bekommen. Ein paar passen richtig gut für den Schreibklub Solbakken.«
Ich merke, dass ich bei jedem »Schreibklub Solbakken« aus Xakiimas Mund innerlich zusammenzucke. Das klingt so kindisch – besonders für die, die nichts von unseren literarischen Erfolgen der letzten Zeit mitbekommen haben.

Ich hab den anderen noch nicht mal erzählt, dass ich schreibe.
Sara sieht mich an, während Silje ungeduldig an ihrem Ärmel zupft. Saras Blick sagt: Ich weiß ja, dass du und Xakiima den gleichen Schulweg habt, aber jetzt reicht es wohl mal langsam, oder?
Mein Blick flackert zwischen Xakiima und Sara hin und her. Ich versuche, das Gespräch zu beenden, aber Xakiima fängt mit der Aufzählung der Filme und Schriftsteller an:
»Wonder Boys, Young Adult, Auf Anfang.«
Ich stehe auf, zwinkere Xakiima zu und schlage ihr vor, doch noch ein bisschen weiter zu googeln.
»Wir können ja später weiterplanen.«
Xakiima lächelt zurück, was ich als Zustimmung interpretiere. Sie versteht doch bestimmt, dass es gerade nicht so passt.

Den Rest des Tages schwankt meine Stimmung, als säße ich in einer Schiffschaukel. Auf der einen Seite bin ich ganz zappelig vor Glück – ich bin jetzt eine richtige Schriftstellerin! Auf der anderen Seite packt mich die Höhenangst – wie wird es mit Mama und Papa weitergehen? Und mittendrin dazwischen all die Dinge, die ich nicht auf die Reihe kriege: Daniel, Sara und die Befürchtung, dass ich irgendwann bloßgestellt werde.
Wir haben eine Extraprobe für die Weihnachtsaufführung.

Langsam wird es ernst. Von jetzt an nutzen wir die große Musikanlage in der Aula. Liv schaut, wie sie ihr Handy an das Mischpult anschließen kann, und Geir versucht, ihr zu helfen. Sie stehen ganz dicht beieinander vor dem Mischpult und scheinen viel Spaß zu haben, obwohl sie nicht sehr erfolgreich sind. Lehrer und Technik, aber echt. Daniel sagt, die einzige Voraussetzung für den Lehrerberuf ist, dass man den Mauspfeil mitten auf dem Bild stehen lässt, wenn man ein Video zeigt.
Am Ende erlauben sie Emma K., ihr Handy aus der Sammelkiste zu nehmen, damit sie sich einloggen kann. Wir Tänzer haben die Musik zwar alle auf unserer Playlist, aber ratet mal, wer am schnellsten die Hand hochgerissen hat?
Liv hat das Stück so umgeschrieben, dass der einsame Schwan Sara die ganze Zeit im Mittelpunkt steht. Ich bin ein bisschen genervt, nur Teil des sogenannten Ensembles zu sein, in dem keiner sich besonders hervortun soll. Sobald Tschaikowskys Musik aus den Lautsprechern strömt, ertappe ich mich dabei, dass ich mir wünsche, an Saras Stelle die entscheidenden und schwierigen Passagen zu tanzen. Fehlt mir mein Turn-Team? Oder finde ich es einfach ungerecht, weil ich das mindestens so gut hinkriegen würde wie Sara?

Hinterher vergesse ich meine Enttäuschung aber fast wieder, weil Sara beim Dehnen mit einer supernetten Überra-

schung kommt. Sie fragt mich, ob ich Lust habe, am Wochenende mit ins Trampolinland zu kommen.
»Also, wir fünf. Daniels Vater fährt uns.«
Sara wartet meine Antwort gar nicht ab, hängt sich die Tasche über die Schulter und sagt zu Silje, Kriss und mir:
»Seid ihr dabei?«
Daniel wartet vor der Aula auf uns. Der Schulhof leert sich allmählich nach der letzten Stunde.
»Kriss ist der Hammer auf den kleinen Trampolinen. Und in der Schaumgrube! Crazy«, sagt Daniel. »Du stirbst vor Lachen.«
»Aber du machst die größten Stunts, Daniel«, sagt Sara.
Daniel tut so, als hätte er es nicht gehört, und sieht mich an.
»Kommst du auch mit?«, fragt er mit für ihn ungewöhnlich eifrigem Gesichtsausdruck.
»Äh … klar«, sage ich. »Wann denn eigentlich?«
»Übermorgen.«
»Okay.«
Keiner von uns hat richtig Lust, nach Hause zu gehen. Xakiima ist wahrscheinlich schon lange weg. Wir hängen beim großen Klettergestell der Grundschule rum. Die weiche Unterlage erinnert an Turnmatten.
»Er springt nicht mit. Also, Papa meine ich«, sagt Daniel.
Ich lache.
»Mama hat ihm vorgeschlagen, mal was Nettes mit mir zu unternehmen …«, erklärt Daniel.

Sara bringt Daniels Satz zu Ende.
»Also fährt er uns ins Trampolinland. Um bei laufendem Motor im Auto auf uns zu warten und Telefonate zu erledigen. Wie immer.«
»Genau«, sagt Daniel.
Sara scheint alles über Daniel zu wissen. Wie lange die beiden sich wohl schon kennen? Immer?
Wir stehen im Kreis, aus unseren Mündern kommen Frostwolken. Lustig, dass man die Luft sehen kann, die wir ausatmen. Es ist erst halb vier, aber der Mond ist schon aufgegangen, und der Schulhof sieht aus, als läge er auf einem Eisplaneten im Weltraum. Jedes Mal, wenn Daniel mich dabei ertappt, wie ich ihn anstarre, schaue ich verlegen weg. Aber: Wenn unsere Blicke sich ständig begegnen, bedeutet das doch, dass er mich auch ansieht? Sara scheint nicht mitzukriegen, was zwischen Daniel und mir läuft. Wenn da überhaupt etwas läuft?
»Hast du Daniel und Kriss schon erzählt, was bei dir zu Hause los ist?«, fragt Silje und sieht mich an.
Ich halte den Atem an und versuche zu ergründen, wer hier eigentlich was weiß.
Silje beugt sich zu mir vor und flüstert:
»Na, dass deine Eltern … Oder ist das geheim?«
»Ach was«, sage ich und drehe mich zu den Jungs um.
Warum sollte ich ihnen das nicht erzählen?
»Mama und Papa wollen sich vielleicht trennen«, sage ich.

»Oh, scheiße«, sagt Kriss mitfühlend. »Wie geht es dir damit?«
Ich zucke mit den Schultern.
»Das ist noch ganz frisch. Ich bin … Ich bin sauer auf Mama. Weil sie diejenige ist, die nicht mehr will.«
Sauer ist wieder so ein fieses Pfeifwort. Aber ich finde es gar nicht so peinlich wie sonst. Bedeutet das, dass ich mich jetzt sicher fühle, weil wir echte Freunde sind?
»Ja, dein Vater kann schließlich nichts dafür«, sagt Silje.
»Wofür kann er nichts?« Ich drehe mich zu Silje um. Ihr rundes Gesicht ist ausdruckslos, aber ihr Nasenflügel zuckt leicht.
»Dass er in Afrika arbeiten muss«, sagt sie weiter.
Ich versuche, die Aufmerksamkeit von mir wegzulenken.
»Sind deine Eltern geschieden, Kriss?«
Er zögert mit der Antwort, macht die typische Bewegung mit den Augenbrauen, springt auf und setzt sich auf einen der Gummipilze von dem Klettergerüst.
»Das passt jetzt vielleicht nicht richtig«, sagt er, »aber zum Teil sind sie wie die reinsten Turteltauben. Sie machen einen Salsa-Kurs und hängen sich romantische Nachrichten an den Kühlschrank.«
»Das ist voll süß«, sagt Sara.
Jeder von uns balanciert jetzt auf einem Pilz. Ich stehe auf dem Pilz rechts neben Daniel, links von ihm steht Sara. Kriss und Silje stehen jeweils außen.

»Na ja, ich weiß nicht, ob ich das süß finde«, sagt Kriss. »Mein Alter ist zwei Meter groß und hat einen behaarten Rücken wie ein Berggorilla.«

Ich lache los.

»Meine Alte auch«, sagt Kriss.

»Klar«, sagt Daniel.

»Guck mich doch an, dann weißt du's«, sagt Kriss und breitet die Arme aus.

Wir beginnen, uns von Pilz zu Pilz zu bewegen und die Plätze zu tauschen. Die Regeln brauchen wir nicht laut auszusprechen, die haben wir seit der Grundschulzeit im Blut, als überall um uns herum Lava war.

Sara und ich schieben uns elegant aneinander vorbei. Kriss nimmt viel Platz ein, aber es haut gerade so hin. Als Daniel an mir vorbeigehen will, kippen wir beide um ein Haar nach hinten und müssen uns aneinander festhalten. Plötzlich stehen wir eng umschlungen da. Glücklicherweise guckt Sara gerade in eine andere Richtung. Er duftet nach Kälte und Winter. Und nach … Daniel.

Dann ist der Augenblick vorbei. Alle tauschen wieder die Plätze. Silje stößt mich mit dem Po an, und ich bin die Erste, die mit einem Fuß den Boden berührt. Ich bin mir fast sicher, dass sie das mit Absicht gemacht hat.

Ich komme nicht mehr dazu, mir darüber den Kopf zu zerbrechen, weil in dem Moment Geir in seinem alten moosgrünen Volvo vorbeifährt. Er fährt langsamer und kurbelt

mit übertriebenen Bewegungen die Seitenscheibe runter, als würde er auf einem Schoner das Großsegel hissen.
»Schön zu sehen, dass ihr noch spielt! *Homo ludens!* Der verspielte Mensch! Greife den Karpfen!«, ruft er und bremst mit quietschenden Reifen. »Ach, was sag ich da? Ha, ha. Ich meine natürlich, greife den Tag, *carpe diem!*« Er lacht über sich selbst. »Oder sollte ich besser sagen, greife den Abend? Wie heißt das noch gleich wieder in Latein ...« Er redet weiter durch das offene Fenster, während das Auto durchs Schultor rollt.
»Freak«, sagt Daniel, ohne eine Miene zu verziehen.
Kriss' Kommentar ist da schon freundlicher.
»Ich werde ihn vermissen, wenn Bente zurückkommt.«

Erst zu Hause fällt es mir wie Schuppen von den Augen. Als ich das schwarze Band mit dem Hausschlüssel aus der Tasche ziehe. Als ob der Schlüssel was mit der Sache zu tun hätte.
Übermorgen ist Freitag. Und das bedeutet Pfannkuchenparty bei Xakiima. Seit Langem abgemacht. Ich muss das Trampolinland absagen. Ich stöhne genervt, als ich die Schuhe im Gang abschüttele. Ich habe mich so darauf gefreut, mit den anderen dorthin zu gehen. Aber ich habe keine andere Wahl.
Oder?

17. Kapitel

Oder. Nur wenige Worte haben so eine Schlagkraft wie dieses zweisilbige Wort. Verglichen mit dem ebenfalls zweisilbigen »Bombe« ist »oder« eigentlich harmlos. Dabei kann so ein kleines »oder« alles über den Haufen werfen.

Entweder – oder.

Die zwei Alternativen veranstalten ein Tauziehen in meinem Kopf, als ich den Tisch decke: Pfannkuchenparty mit Xakiima oder Trampolinland? Ich starre in die Besteckschublade und denke, dass wir die Party doch auch an einem anderen Tag machen können. Und es wäre doch ziemlich bescheuert, wenn wir mich feiern und ich eigentlich gar keine Lust habe. Oder vielleicht nicht direkt keine Lust. Aber am falschen Tag. Oder, na ja, ich meine einfach nur, müsste ich das nicht bestimmen dürfen? Oder, oder, oder?

Mama ist mit der Salatschleuder und dem Mixer beschäftigt und kriegt nicht mit, dass ich so still bin. Ich habe kaum ein Wort gesagt, seit sie von der Arbeit zurück ist. All die ungesagten Dinge und Heimlichkeiten. Meine Gedanken wandern zu dem Füller, den Mama mir geschenkt hat, der jetzt im Restmüll liegt.

Oder, oder, oder?

Am Tisch stelle ich fest, dass ich vier Messer aus der Schublade genommen habe und keine Gabeln. Ich stöhne laut. Aber auch das hört Mama durch den Krach des Mixers nicht. Mit gekrümmtem Rücken und hochgezogenen Schultern sieht sie so aus, als mixe sie das Dressing mit einem Presslufthammer. Ihre Beine sind so dünn in der schwarzen Sportleggins, die sie immer anzieht, wenn sie eigentlich vorhat zu joggen, aber es dann doch nur bis zum Sofa schafft. Das Haar ist in einem chaotischen Knoten hochgesteckt. Man sieht die Rückenwirbelknubbel vom Haaransatz bis zum Po unter der dünnen Strickjacke. Sie kommt mir plötzlich viel älter vor als sonst. Irgendwie würde ich sie am liebsten in den Arm nehmen, aber zugleich steigt wieder diese Wut in mir hoch.

Mama grübelt darüber nach, wie sie Papa die schlechten Neuigkeiten überbringen soll. Mit wenigen, sorgsam gewählten Worten will sie etwas kaputt machen, das ich bis vor Kurzem für unzerstörbar gehalten habe. Weil es immer da war, solange ich denken kann. Mama, Papa und ich. Wir sind doch eine Familie. Auch wenn Papa lange Phasen nicht bei uns war.

Wir schaufeln den Salat rein, während zwischen uns eine hohe Mauer aus all den ungesagten Worten wächst. Ich verstehe nicht, warum Mama sich von Papa trennen will. Wie kann sie ihm das antun? Mir?

»Die Croutons sind selbst gemacht«, sagt Mama schließlich.

Am liebsten würde ich ignorieren, was sie sagt. Aber ich ramme die Gabel in einen Brotwürfel und schiebe ihn in den Mund. Der Crouton ist so hart, dass ich Angst habe, mir einen Zahn abzubrechen. Der schmeckt wie aus der Steinzeit, hinterlassen von einem Jäger und Sammler, und Anfang des 20. Jahrhunderts von Archäologen in einer Ruine im Kaukasus ausgegraben.

»Ich habe den Rest Brot getoastet«, redet Mama weiter und sieht mich erwartungsvoll an.

Sie weiß natürlich ganz genau, warum ich so still bin, und hat ein schlechtes Gewissen.

Der Crouton wächst in meinem Mund und saugt alle Flüssigkeit auf.

Das Fenster neben dem Küchentisch ist schwarz von der Winterdunkelheit davor, ich sehe Mamas Spiegelbild darin. Mama war früher auch das kleinste Mädchen in ihrer Klasse. Ich habe ihre grünen Augen, die Sommersprossen und die schmalen Schultern geerbt. Aber meine kleine Nase habe ich von Papa, an dem ansonsten alles riesengroß ist. In seinem Gesicht sieht sie aus wie ein kleiner Knubbel.

Ich werde schrecklich wütend, als ich an all die Sachen denke, auf die ich keinen Einfluss habe. Ob Mama und Papa zusammenbleiben oder nicht. Ob Papa irgendwann sein Leben in den Griff kriegt oder noch öfter ins Gefängnis wandert. Ob ich irgendwann ein Leben haben werde wie andere Zwölfjährige oder mich bis an mein Lebensende nach meinem Vater sehnen muss.

Da werde ich vielleicht wenigstens selber bestimmen dürfen, was ich am Freitag machen will? Xakiima und ich fahren ja auf alle Fälle zusammen zum Verlag. Und die Feier können wir auch später nachholen. An diesem Freitag hab ich einfach Lust, was mit Daniel zusammen zu machen. Und mit Kriss zu lachen. Und da wär noch was: Ich will den vieren zeigen, dass ich vielleicht am Tanz-Syndrom leide, aber gut Trampolin springen kann.

Ich nehme mein Handy, um Xakiima eine Nachricht zu schreiben. Das ist eigentlich am Esstisch streng verboten, aber Mama wird garantiert nichts sagen. Die Dinge sind im Umbruch.

Ich denke an das, was Sara nach dem Schock im Einkaufszentrum-Café zu mir gesagt hat: Das einzig Positive an so einer Scheidung ist, dass deine Eltern plötzlich miteinander konkurrieren, wie sie dich am meisten verwöhnen können.

Ich werfe einen raschen Blick auf mein Spiegelbild im Fenster. Mamas Gesicht, Papas Nase. Vildes Verwirrung. Und dann tippe ich mit beiden Daumen eine Lüge.

Sorry. Wir müssen die Feier verschieben. Besuchen einen alten Verwandten, da, wo ich früher gewohnt habe, der Krebs hat.

18. Kapitel

Das darf doch echt nicht wahr sein. Warum kam da keine Warnung aus dem Universum? Ein leises Piepsen hätte schon gereicht. Ein blinkendes rotes Licht im Augenwinkel. Das dich auf den Asteroiden vorbereitet, der unglücklicherweise direkt auf dich zusaust.

Dabei fängt alles so gut an.

Die Riesenkutsche von Daniels Vater gleitet lautlos über die Autobahn, wir schauen von unseren Plätzen auf die gewöhnlichen Autos herab. Ich sitze mit Silje und Sara auf der Rückbank. Kriss hat eine eigene Sitzreihe, die auf Knopfdruck aus dem Boden im Kofferraum hochgeklappt ist. Daniel sitzt vorne auf dem Beifahrersitz.

Ich habe beschlossen, nicht an Mama und Papa zu denken. Ich will einfach nur springen, springen, springen. Und mit Daniel rumalbern, wenn Sara es nicht mitbekommt.

»Du bist also neu in der Klasse, Vilma?«

»Vilde«, korrigiert Daniel ihn, aber so leise, dass sein Vater es nicht mitbekommt.

Viele Menschen haben Probleme, sich Namen zu merken.

Die meisten finden das peinlich. Aber einigen scheint es völlig egal zu sein. Sie nennen die Leute, wie es ihnen gerade einfällt. Oder wie sie vielleicht meinen, dass die anderen heißen sollten. Saras Namen kann Daniels Vater sich merken. Daniels auch. Alles andere wäre ja auch echt zu krass. Aber Silje hat er jetzt schon zweimal Celine genannt. Und ich bin also Vilma.

»Ja, ich habe nach den Sommerferien angefangen«, antworte ich.

»Hat Daniel schon erzählt, dass ich bei der Weihnachtsfeier *Schwanensee* tanze?«, fragt Sara unvermittelt. »Kommst du, um es dir anzuschauen?« Hört sich an, als würde sie Daniels Vater sehr gut kennen.

»Selbstverständlich«, sagt er.

Daniel schnauft.

»Klar komm ich«, wiederholt Daniels Vater.

Dann wendet er sich wieder mir zu.

»Was macht dein Vater denn?«

Ich versinke in dem weichen Lederpolster. Erwachsene anlügen ist schwierig.

Daniel stöhnt.

»Das hab ich dir doch erzählt. Von dem Park in der Kalahari.«

»Ach ja, richtig«, sagt Daniels Vater mit einer Hand am Lenker. »Die Kalahari kenn ich gar nicht. Serengeti hingegen … Da war ich an einem Projekt beteiligt. Einer Lodge. Das war ein ziemliches Hin und Her mit den ansässigen Massai und der Nachhaltigkeit. Allesamt Gangster sind das. Ich habe ein kleines Vermögen da versenkt. Aber dein Vater unternimmt ja vielleicht was gegen diese Dinge?«

»Ähm …«

Ich hab keine Ahnung, wovon er redet, und weiß nicht, was ich sagen soll. Flehe nur insgeheim, dass wir bald da sind.

Sara rettet mich.

»Vilde darf sich um die Tiere kümmern, wenn sie ihren Vater besucht. Das ist sooo cool. Da gibt's alle möglichen Tiere.«

»Ist er Eigentümer oder Pächter?«, fragt Daniels Vater.

Silje dreht sich mit halb offenem Mund zu mir um und mustert mich, als hätte sie die Frage gestellt und warte nun auf die Antwort. Ansonsten kann man nicht sehen, was in ihrem Kopf vor sich geht oder was sie denkt. Vielleicht wird man so, wenn die beste Freundin die ganze Zeit im Rampenlicht steht? Es ist ein bisschen, als würde sie an Sauerstoffmangel leiden, weil Sara alles für sich verbraucht.

»Er ist Tierpfleger. Zoologe«, sage ich schließlich.

»Wow. Nicht schlecht. Es gibt viel zu viele Menschen, die keinen Schlag tun und nur die Sahne abschöpfen.«

Seine Stimme wird schärfer. Daniel schaut aus dem Seitenfenster. Sein Vater boxt ihn gegen den Arm.

»Hab ich dir übrigens schon erzählt, was mir mit dem Auto passiert ist?«

»Ja.« Daniel stöhnt genervt, ohne ihn anzusehen.
Sein Vater erzählt es trotzdem und sieht uns immer wieder über den Rückspiegel an.
»Eine sogenannte EU-Kontrolle. Die in der Vertragswerkstatt meinten, der Getriebeblock wäre hinüber. Fünfzigtausend Kronen wollten die dafür. Weil das natürlich nicht unter die Garantie fiel, ist ja klar …«
Daniel unterbricht ihn.
»Ich weiß ja nicht, wie sehr das die anderen interessiert …«
Sein Vater lässt sich nicht aufhalten.
»Ich fahr also bei einem alten Schulfreund vorbei, der einen Autohandel betreibt, und lasse seine Jungs einen Blick auf den Wagen werfen. Und was glaubt ihr wohl, der Getriebeblock war völlig in Ordnung!«
Saras Mund steht so weit auf, dass man das Kaugummi hinter der Unterlippe sieht. Kriss liegt fast in dem Sitz hinter mir. Und ich bin froh, dass wir über Getriebe reden und nicht Afrika.
In der Stadt wird der Verkehr dichter. Daniels Vater gibt Gas und bremst abwechselnd.
»Norwegen verwandelt sich allmählich in ein Land von und für Gangster«, sagt er energisch. »Ich sag euch eins …« Mit vernichtendem Blick schaut er über die Autos um uns herum, als steckten wir in einem Stau böser Menschen fest.
»Die gehören alle eingebuchtet«, kommt es leise von Daniel

auf dem Beifahrersitz. Es hört sich fast so an, als würde er es ernst meinen, aber wahrscheinlich imitiert er nur seinen Vater.
»Ganz genau. Alle Sozialschmarotzer und Kriminelle und Betrüger. Tür abschließen und den Schlüssel wegschmeißen. Das ist das Einzige, was da noch hilft.«
Silje sieht mich noch immer von der Seite an.
»Amen«, sage ich.
Daniels Vater lächelt mich über den Rückspiegel an.

Wenig später durchbricht der Asteroid die Atmosphäre und kollidiert mit der Erde.
In einem Tunnel ist Stau. Nach dem Ausbruch von Daniels Vater hat keiner mehr was gesagt. Ich schaue aus dem Fenster zu den anderen Autos, die in der Spur neben uns schleichen, und freue mich darauf, auf den Trampolinen alles wegzuhüpfen.
Plötzlich starrt jemand aus einem anderen Auto zurück. Ich bin unfähig, den Blick abzuwenden. Zu lächeln. Zu winken. Mich zu verstecken.
Silje scheint zu merken, dass etwas nicht stimmt. Sie beugt sich vor und guckt an mir vorbei. Und sieht das Gleiche wie ich:
Ein blaues, rostfleckiges Auto. Eine dunkelhaarige Frau auf dem Beifahrersitz. Einen hyperaktiven Jungen, der auf der Rückbank herumturnt und mit den Armen fuchtelt. Da-

neben sitzt ein Mädchen und starrt aus dem Fenster – direkt rüber zu mir.

»Das ist ja Xakiima«, sagt Silje.

19. Kapitel

So hatte ich mir vorgestellt, wie es wäre, wenn ich Schriftstellerin werde (ziemlich realitätsfern, ich weiß):
Ich stehe auf einer Bühne, und jemand aus dem Verlag überreicht mir einen großen Blumenstrauß. Es ist Publikum da. Mama und Papa stehen ganz vorne am Bühnenrand, Hand in Hand. Beide haben sich schick gemacht. Mama trägt das lange weinrote Kleid, in dem sie wie eine Flamencotänzerin aussieht. Papa den Anzug von dem Hochzeitsfoto, das nicht mehr im Wohnzimmer steht. Xakiima steht gleich hinter Mama und Papa, neben Abdi, der mit einem kleinen Wimpel herumfuchtelt, auf dem »Schreibklub Solbakken« steht. Daniel wirft von der Seite eine Rose auf die Bühne. Die Musik verstummt. Ich trete ans Mikrofon und räuspere mich, ehe ich mich für die Unterstützung bedanke, die ich von allen erfahren habe. Besonders von Papa.

Hier die Realität:
Ich bin hypernervös. Der Busfahrer hat nicht mehr die beste Laune, nachdem ich meinen Fahrschein mit einzelnen Kro-

nenmünzen bezahlt habe, während noch drei andere Fahrgäste hinter mir warteten. Die einzige saubere Jeans, die ich finden konnte, ist zu klein. Der Pullover ist von Mama ausgeborgt. Und ich hab mich nicht getraut, den Fahrer zu bitten, mir Bescheid zu sagen, wenn ich aussteigen muss. Aber wenigstens habe ich mir die Haltestelle auch aufgeschrieben, an der ich rausmuss.

Der Bus kurvt ein leichtes Gefälle hinunter und vorbei an ein paar hohen Gebäuden, die ich noch nie gesehen habe. Auf dem Platz mir gegenüber sitzt ein mürrisch aussehender Mann. Er streicht immer wieder mit zwei Fingern über seinen Bart, als würde er eine pelzige Raupe streicheln. Auf seinem Schoß liegt eine Zeitung, auf deren Titelseite die Schlagzeile steht: »So waren die blutigen Opferrituale der Azteken«.

Ich hatte bis zum Schluss gehofft, Xakiima noch zum Mitkommen zu überreden. Aber sie hat natürlich kapiert, dass ich unsere Verabredung für Daniel und die anderen in den Wind geschossen habe. Sie hat auf keine meiner Nachrichten geantwortet, die ich ihr am Wochenende geschickt habe. Und als ich heute nach der ersten Stunde mit ihr reden wollte, hat sie einfach auf dem Absatz kehrtgemacht und ist in die andere Richtung gegangen. Ich kann sie gut verstehen.

Ich habe Xakiima angelogen. Ich habe sie verletzt. Das ist unverzeihlich. Warum mache ich solche Sachen?

Der unheimliche Typ hat aufgehört, in seiner Horrorzeitung zu lesen.
Ich fühle mich von ihm beobachtet und starre auf mein Display.
Mama hat keine Ahnung, wo ich bin. Ich weiß es ja selbst nicht einmal. Die Leuchttafel unter der Decke über dem Kopf des Fahrers zeigt die Namen der nächsten Haltestellen an, die mir aber leider nichts sagen und auch nicht auf meinem Zettel stehen. Ab und zu kommt die Stadt zum Vorschein, grau mit blinkenden Lichtern zwischen Fjord und Wald, aber ich habe nicht das Gefühl, dass wir bald da sind.
Immer mehr Passagiere steigen aus. Wir fahren und fahren. Die Zeit vergeht. Am Ende sind nur noch der Bartmann und ich übrig. Als er seine Zeitung zusammenrollt und aussteigt, bin ich fast so weit, dass ich ihn vermisse.
Der Bus hält mit einem lauten Seufzer der Bremsen. Der Fahrer erhebt sich von seinem Sitz und streckt sich.
Dann geht er durch den Mittelgang und sammelt den Müll in eine knittrige Plastiktüte. Er hat mich hinter den hohen Rückenlehnen nicht gesehen und zuckt erschrocken zusammen, als ich den Kopf rausstrecke.
»Entschuldigung, wie weit ist es noch bis zur Frederiks gate?«
Er zeigt auf die Leuchttafel, wo jetzt »Nicht in Betrieb« steht.
»Ich muss ins Zentrum«, sage ich.
Er schaut zur Tür.

»Und ich fahre in die Busgarage. Hier ist die Endhaltestelle«, sagt er unfreundlich und setzt seine Müllaktion fort.

Ich stehe in einem Bushäuschen vor einer Kirche. Auf der anderen Straßenseite sind ein paar niedrige Wohnblocks. Inzwischen ist es richtig dunkel. Hinter den Fenstern, die zur Straße rausgehen, sieht man Menschen beim Abendessen oder Fernsehen, die nicht in den falschen Bus gestiegen sind und jetzt mit einem ganz mulmigen Gefühl hier sitzen. Da klingelt mein Handy. Es ist Jan.

»Vilde? Wolltest du nicht vor einer Viertelstunde im Verlag sein?«

Mein erster Impuls ist »Hilfe!« zu rufen. Aber ich kann Jan unmöglich erzählen, dass ich mich verirrt habe und nicht weiß, wo ich bin. Das ist einfach zu peinlich. Und das würde ihm nur vor Augen führen, wie jung ich wirklich bin. Er hat, glaube ich, noch nicht begriffen, auf was er sich da einlässt. So jemand wie ich kann doch unmöglich debütieren.

»Mir ist was … dazwischengekommen«, sage ich.

»Ach, wie schade. Ich hätte mich gefreut, dich und deine stolzen Eltern kennenzulernen.«

Er hat natürlich damit gerechnet, dass sie beide mit dabei sind.

»Dann müssen wir das Treffen verschieben«, sagt er.

»Ja, leider.«

Am anderen Ende wird es still.

Die Autos fahren dicht an mir vorbei, ich ziehe mich auf den Rasen vor der Kirche zurück. Ein Windstoß wirbelt trockene Blätter auf, auf ein paar Gräbern auf dem Friedhof nebenan flackern Kerzen. Solange ich Jan am Ohr habe, finde ich es nicht mehr so unheimlich.

»Wenn das Buch aus dem Druck kommt, veranstalten wir eine sogenannte Premierenfeier. In der Stadtbibliothek. Also eine Party. Und wir hatten uns gedacht, dass du etwas aus deiner Geschichte vorliest, Vilde!«

»Muss ich?«

»Ich habe noch nie jemanden so unglaublich den Buchstaben S aussprechen hören. Das wird am Mikrofon wunderbar magisch klingen.«

Macht er sich über mich lustig? Es verschlägt mir die Sprache.

»Hast du schon mal was von 50 Cent gehört?«

»Dem alten Rapper?«, frage ich.

»50 Cent hat jahrelang dafür gekämpft, berühmt zu werden. Und da kommt eines Tages auf dem Gehweg vor dem Haus seiner Großmutter einer vorbei und schießt auf ihn. Neun Schüsse. Er überlebt, aber verliert einen Zahn. Danach hat er das S auf eine ganz spezielle Weise ausgesprochen. Es heißt, dass eben dieser Sprachfehler ihn von allen anderen Rappern unterscheidet und ihn so berühmt gemacht hat.«

Meine Mundwinkel ziehen sich zu einem Lächeln nach oben. Ich habe mich verirrt, laufe auf einem Friedhof herum und telefoniere mit einem Mann, den ich noch nie getroffen habe, über Musik aus Mama und Papas Jugend. Was er gerade zu mir gesagt hat, ist das netteste Kompliment, das mir jemals jemand gemacht hat.

»Ich weiß aber nicht, ob ich mich traue, laut zu lesen«, sage ich.

»Aber beim Schreiben bist du doch so mutig!«

»Mutig?«

Jans Stimme wird ernst.

»Trau dich zu zeigen, wer du bist, was du denkst, ruhig auch, was du persönlich in deinem Leben nicht so einfach findest.«

»Wie jetzt?« Ich versuche, mich an alle Geschichten zu erinnern, die ich bis jetzt geschrieben habe. Das sind ziemlich viele, und die erste liegt lange zurück.

»Ich habe das Gefühl, dass das, was du schreibst, größtenteils von dir selber handelt. Ich gehe ja mal davon aus, dass die Geschichte von dem Vater, der ins Gefängnis muss, einen persönlichen Hintergrund hat, oder? Die ist wirklich stark!«

Mein Kopf glüht, ich presse den Hörer ans Ohr. Was habe ich jetzt wieder angestellt? Natürlich beeinflussen mich eigene Erlebnisse beim Schreiben, aber ich hätte niemals damit gerechnet, dass das so klar zu erkennen ist. Ich dachte, ich hätte es geschafft, allgemein über Sehnsucht zu schreiben oder wie es ist, ein- oder ausgesperrt zu sein.

»Allein das hier«, sagt Jan, der offensichtlich den Text vor sich hat. »›Dorthin, wo du jetzt bist, durftest du nur einen Waschbeutel mitnehmen. Trotzdem ist nichts mehr von dir hiergeblieben, Papa.‹«

Ich muss irgendetwas sagen. Etwas, das Jan auf andere Gedanken bringt. So viel jedenfalls ist sicher, dass die Geschichte auf keinen Fall gedruckt werden darf. Mamas Version unserer Familiengeschichte, meine Afrika-Lügengeschichte, die ich Daniel und Xakiima, Geir und der ganzen Klasse erzählt habe. Das würde alles auffliegen.

Mein Mund ist so trocken, dass meine Zunge fast am Gaumen klebt.

»Also, ich finde … ganz persönlich … wenn Sie mich fragen … also, ich persönlich …«, versuche ich, erwachsen und entschieden rüberzukommen, als ob Erwachsene so reden würden, »… würde eine der anderen Geschichten nehmen.«

Jan lacht, hält das offenbar für einen Scherz von mir.

»Nein, nein, wir im Verlag sind uns einig. Diese Geschichte und keine andere.«

Ich habe das Gefühl, aus mir herauszusteigen und aus der Luft auf Vilde vor der Kirche herabzublicken.

Die Stille am anderen Ende bedeutet vermutlich, dass Jan begriffen hat, dass was nicht stimmt. Ich überlege schon, wie ich es Papa erklären soll, dass ich doch nicht Schriftstellerin werde.

20. Kapitel

Ein eisiger Novemberwind bläst über den Friedhof, durch Mamas Pullover, durch mich. Ich bin ein Nichts. Eine leere Luftblase, die verloren gegangen ist.

Ich habe keine Ahnung, wie lange ich schon hier stehe.

Totes Laub. Gedanken. Die Zeit. Nichts hält länger als eine Sekunde, ehe es vom Wind verwirbelt wird.

Es ist dunkel. Die Grabsteine auf dem Friedhof sind nur noch als Silhouetten zu erkennen. Ein einsames Auto fährt vorbei, aber ich sehe keine Insassen. Nur Stahl und grelle Scheinwerfer, dann die roten Punkte der verschwindenden Rücklichter.

Jans letzte Bemerkung, ehe wir das Gespräch beendet haben, war:

»Mir scheint, du musst erst noch ein paar Dinge für dich klären.«

Er hat offensichtlich verstanden, dass es ein Problem mit der Geschichte gibt, war aber so nett, mich nicht direkt darauf anzusprechen.

»Wenn man so jung ist wie du, gibt es Dinge, die wichtiger

sein können, als in einem Buch veröffentlicht zu werden. Und das ist bestimmt nicht deine letzte Chance!«

Sagt er jetzt. Neulich hat er noch geschrieben, ich hätte es nur knapp durchs Nadelöhr geschafft.

Warum hat Mama mich nicht gewarnt, als ich die Geschichten eingeschickt habe? Es wäre viel einfacher gewesen, wenn sie von vornherein gesagt hätte, dass sie nicht daran glaubt, dass meine Texte gedruckt werden.

Ich glaube, ich kenne die Antwort. Weil sie nicht damit gerechnet hat, dass meine Geschichten überhaupt in die engere Auswahl kommen.

Ich würde am liebsten laut schreien. Mich auf den Boden werfen und mit den Beinen und Armen strampeln. Ich will zu Papa. Ich will, dass er mich auf den Arm nimmt wie als Fünfjährige und mich nach Hause trägt. Aber nicht nach Solbakken. In unser richtiges Zuhause.

Ich gebe auf. Ich will nicht mehr. Ich setze mich auf eine Bank unter einem raureifigen Busch. Direkt vor meinem Gesicht hängen ein paar weiße Blüten aus dem letzten Sommer, beschwert mit Eisnadeln, die glitzern, wenn die Scheinwerfer der vorbeifahrenden Autos sie streifen.

Niemand sieht mich auf der Bank. Wenn ich erfriere, muss ich mir nicht mehr den Kopf über all die dummen Sachen zerbrechen, die ich getan habe. Und wie ich all die Probleme lösen soll, die ich mir eingebrockt habe. Ich hab keine Kraft mehr, stark und mutig zu sein. Ich will mich nicht mehr um alles kümmern und alles mit mir selber ausmachen.

Ich denke an Mama. Mama, die mich braucht.
Ich blinzele die Tränen weg, bis die Welt um mich herum wieder klar und deutlich ist.
Wenn es nur nicht so schwer wäre, jemanden um Hilfe zu bitten, der einem ganz und gar nichts schuldet.
Ich beginne, eine Nachricht ins Handy zu tippen.

Liebste Xakiima. Bitte, Du musst antworten. Ich brauche Deine Hilfe. Das ist ein Notfall. Ich bin am Erfrieren. Weiß nicht, wie ich nach Hause kommen soll.

21. Kapitel

Meine Finger und Zehen jubeln über die Wärme im Auto. Mein Magen zittert vor Erleichterung, seit ich Xakiima vom Bushäuschen aus gesehen habe. Aber mein Herz ist bleischwer vor Scham.

Xakiima hat noch kein Wort gesagt, seit ich eingestiegen bin. Ihr Vater schaut stur geradeaus, beide Hände am Steuer.

»Entschuldigung, Xakiima«, flüstere ich schließlich. »Das war wirklich gemein von mir …« Ich bringe den Satz nicht zu Ende, hoffe, dass Xakiima etwas sagt. Aber das tut sie nicht. Würde ihr Vater doch nur das Radio einschalten. Schlager, Death Metal, egal was. Nur nicht diese unerträgliche Stille.

»Danke, dass du mich gerettet hast«, sage ich.

Xakiima hat sich nur aus einem einzigen Grund zu mir auf die Rückbank gesetzt: weil der Beifahrersitz mit den Sachen ihres Vaters voll liegt, mit Unterlagen, Ladegeräten und Ringordnern.

»Es ist übrigens voll gegen die Wand gefahren. Ich glaube nicht, dass aus dem Buch was wird.« Ich muss mich konzentrieren, um nicht in Tränen auszubrechen.

Xakiima sieht mich zum ersten Mal an, ein großes Fragezeichen hängt in der Luft zwischen uns.
»Ich habe ein paar Dinge geschrieben, die auf keinen Fall veröffentlicht werden dürfen … Von mir selbst und so.«
»Dumm gelaufen«, sagt Xakiima knapp.
Es ist irgendwie peinlich, dass Xakiimas Vater alles mitbekommt. Ein bisschen wie die Telefonate mit Papa, die abgehört werden. Das macht es noch schwieriger, die richtigen Worte zu finden. Wie soll ich Xakiima klarmachen, wie sehr es mir leidtut?
»Warum hast du nicht einen deiner tollen Freunde angerufen? Dann wäre dir erspart geblieben, in einem hässlichen Kanakenauto abgeholt zu werden.«
»Xakiima. So ist das nicht. *Du* bist meine absolut coolste Freundin. Aber irgendwie hat sich alles so verknotet.«
Xakiima breitet die Arme aus.
»Okay, ich verzeihe dir. Klar.«
Sie starrt wieder geradeaus.
»Echt?«, frage ich.
»Ja. Wir machen einfach weiter wie vorher«, antwortet Xakiima. »Ich bin nett zu dir, weil ich keine anderen Freunde habe und weil wir beide in den hässlichen Reihenhäusern wohnen. Vielleicht hast du ja Zeit für mich, wenn die richtigen Leute nicht können. Das hört sich doch nach einer super Regelung an.«
Ihr Vater schaut kurz in den Rückspiegel.

Ich drücke den Rucksack gegen meinen Bauch.
»Glaubst du, das hier wäre *Onkel Toms Hütte?*«, sagt Xakiima.
Ich weiß nicht, worauf sie hinauswill.
»Hast du das Buch nicht gelesen?«
Ich schüttele den Kopf.
»Dann googel doch erst einmal und lass uns später weiterreden.«
Das hat gesessen. Genauso habe ich Xakiima in der Schule abgewimmelt.
Wir biegen in den Solbakken ab, der gefrorene Schotter knirscht unter den Reifen. Ich nehme meinen Rucksack, verabschiede mich mit einem leisen Danke von Xakiimas Vater und gehe die letzten Schritte nach Hause.
»Vilde«, höre ich Xakiima hinter mir rufen.
Ich drehe mich um. Xakiima guckt aus der Autotür und sieht mich müde an.
»Pseudonym«, sagt sie. Mehr nicht, nur dieses eine Wort.
»Was heißt das?«
»Das musst du selbst nachschlagen«, antwortet Xakiima. »Aber glaub nicht, wir wären Freundinnen, weil ich dir den Rat gegeben habe.«
Damit schließt sie die Tür.

22. Kapitel

»Warum hast du denn nasse Haare?« Mama stellt die Einkaufstüten im Flur ab. Sie ist von der Abendschicht nach Hause gekommen.

»Mir war kalt, darum habe ich heiß geduscht. Ich hatte das Gefühl, Stunden auf einem zugigen Friedhof verbracht zu haben.«

Das ist meine Art, ihr zu erzählen, was ich erlebt habe. Aber ich erwähne mit keiner Silbe, wie es mir geht.

Ich habe eine neue Theorie: Zu viel Geheimniskrämerei und Lügen führen dazu, dass man schrumpft. So jedenfalls fühlt es sich an. Ich werde immer kleiner. Eines Tages bin ich so winzig, dass ich zwischen den Sofakissen verschwinde und Mama mich aufsaugt, ohne es zu merken.

Bevor ich unter die Dusche gegangen bin, habe ich noch das Wort gesucht. Xakiima ist ein Genie.

Pseudonym ist Griechisch und bedeutet Deckname. Das heißt, ein Autor benutzt einen anderen Namen als seinen eigenen, wenn es aus welchen Gründen auch immer nicht gut ist, dass er mit seinen Texten in Verbindung gebracht

wird. In der Geschichte der Literatur wimmelt es nur so von Pseudonymen. Henrik Ibsen hat sein erstes Buch unter dem Namen Brynjulf Bjarme geschrieben, der Arme. Und J.K. Rowling hat das K. dazuerfunden. Sie heißt eigentlich nur Joanne und hat gar keinen zweiten Vornamen.
Jetzt muss ich Jan nur noch von einem Pseudonym überzeugen. Auch wenn ich dann nicht unter meinem eigentlichen Namen berühmt werde. Bleibt die Frage, welchen Künstlernamen ich nehmen soll. L. S. Hansen vielleicht? L für Lügnerin. S für Schurkentochter. Hansen, weil mir nichts Besseres einfällt.

Ich habe mich nach dem Abendessen gerade an meinen Computer gesetzt und einen Link zu *Onkel Toms Hütte* geöffnet, als es an der Tür klingelt. Mama macht auf. Aus Mamas überschwänglicher Begrüßung schließe ich, dass überraschend eine ihrer alten Freundinnen vor der Tür steht.
»Das ist ja nett!«
Aber der Besuch ist für mich.
Daniel!
Ich bin völlig überrumpelt. Nach diesem merkwürdigen Tag voller seltsamer Ereignisse steht völlig unerwartet Daniel auf dem weißen Skateboard-Pferd vor der Tür.

Daniel sitzt in meinem Zimmer! Daniel mit den interessanten Augen und dem abwesenden Blick, der ganz plötzlich für kurze Augenblicke in mein Innerstes hineinsieht. Daniel mit dem schulterlangen, blonden Haar wie ein Prinz. Daniel mit den schönen Händen, die auf meinem Bett liegen. Auf meinem Bett! Es ist kein Traum. Er sitzt wirklich auf meinem Bett!

»Das war cool im Trampolinland, oder?«

Er guckt durch den offenen Spalt des Himmelbettvorhangs. Sehr prinzig, falls es Prinzen in Hoodies gibt.

Ich sitze am Schreibtisch und versuche es mit Nicken und Lächeln. Daniel hat keine Ahnung, wie sehr ich mich im Trampolinland anstrengen musste, entspannt und locker zu sein, weil ich die ganze Zeit an Xakiima denken musste. Und er weiß nicht, dass mein Kopf jetzt noch voller mit Xakiima-Gedanken ist.

Daniel sieht aus wie jemand, der alles übers Leben weiß, sich aber nicht weiter darum schert. Obwohl er heute Abend zwischendurch auch ein bisschen nervös wirkt. Die Unterhaltung lief an dem Filmabend bei ihm entschieden lockerflockiger.

Er schaut zu den alten Pokalen auf der Kommode.

»Das sind also deine Preise vom Turnen?«

»Ja«, sage ich.

Super Antwort, Vilde.

»Wolltest du gerade ins Bett?«

»Nein?«

Ich schaue auf die Handyuhr. Es ist neun. Eigentlich ziemlich spät, um unangemeldet und ohne bestimmten Grund aufzukreuzen. Und außerdem war Daniel noch nie hier. Warum ausgerechnet jetzt?

»Dann findest du Schlafanzughosen einfach so gemütlich?«

Ich schaue nach unten. Es ist das zweite Mal, dass er mich in diesem Aufzug sieht.

»Sieht so aus.«

Das ist mal eine spannende Unterhaltung.

Mama im Wohnzimmer scheint sich besonders Mühe zu geben, still zu sein. Das ist, als würde ein Elefant durch die Wohnung schleichen. Wahrscheinlich ist sie völlig aus dem Häuschen, weil ein Junge aus der Schule mich besucht.

»Du, Vilde?«, sagt Daniel.

»Ja?«

»Ach nein, nichts.«

Daniel nickt in Richtung PC hinter mir.

»Machst du Hausaufgaben?«

Auf dem Bildschirm leuchtet der Artikel über *Onkel Toms Hütte*.

»Nein, ich hab nur was … nachgeguckt.«

Ich überfliege die ersten Zeilen.

Onkel Toms Hütte handelt von einem Sklaven in Amerika. Das Buch war wichtig für die Beendigung der Sklaverei. Später wurde *Onkel Toms Hütte* oft kritisiert, weil Schwarze dort wie Dummköpfe dargestellt werden, die viel Leid erfahren, aber trotzdem freundlich und hilfsbereit zu ihren

Peinigern sind, als wäre es nicht okay, wütend zu werden und die gleichen Rechte wie alle anderen zu fordern.
Ich glaube, ich verstehe, was Xakiima mit dem Hinweis auf das Buch sagen wollte. Ich werde vor Scham rot, und meine Schultern wandern nach oben. Zum Glück bekommt Daniel das nicht mit. Er stützt die Hände auf die Oberschenkel, als ob er aufstehen wollte.
»Du brauchst noch nicht gehen«, sage ich.
»Okay.«
Ich scrolle durch meine Playlist auf dem PC. Skatemusik ist nicht dabei. Stattdessen suche ich nach 50 Cent und klicke das erste Stück an, das mir vorgeschlagen wird. Daniel lehnt sich auf einen Ellbogen.
»Ich fabriziere ungefähr die gleichen S-Laute wie 50 Cent«, sage ich.
»Echt?«, sagt Daniel.
»Es hat jemand auf ihn geschossen, und dabei hat er einen Zahn verloren. Bei mir ist es beim Training passiert.«
»Beim Training hat jemand auf dich geschossen?«, fragt Daniel.
»Ha, ha. Nein. Ich bin neben der Matte gelandet.«
Daniel mustert mich beeindruckt.
Und wieder ist da dieses quälende Bedürfnis, Daniel alles zu erzählen. Erzählstoff gäbe es genug. Er würde bestimmt verstehen, wie kompliziert die Situation mit Xakiima ist. Vielleicht würde er ja sogar sagen, dass das mit Xakiima doch

überhaupt kein Problem ist, weil sie gerne mit in der Clique sein kann. Aber am liebsten würde ich ihm von Papa erzählen. Solange er nicht weiß, dass Papa im Gefängnis sitzt, kann er nicht verstehen, wie es in mir aussieht. Aber das kann ich nicht verraten.

»Du weißt, dass morgen Abend die Generalprobe für die Weihnachtsaufführung ist, oder?«, fragt Daniel.

»Morgen?«

Die Generalprobe war das Thema Nummer eins in der Klasse, aber ich war so beschäftigt mit allem möglichen anderen, dass ich das Datum verpeilt habe.

Daniel nickt und beginnt zu strahlen.

»Mit Kostümen, Ton und allem.«

Ich kann seine Begeisterung nicht ganz teilen.

Daniel tippt auf seinem Handy rum. Das hatte ich mir anders vorgestellt. Endlich sind wir mal alleine, und dann bin ich so verklemmt. Ich sehe ihn an, würde ihn am liebsten umarmen. Ich bin zwar klein, aber stark. Ich stelle mir vor, wie es wäre, jetzt einfach aufzustehen und mich auf ihn zu werfen. Und ich hab Lust, ihn zu küssen. Ja, küssen!

Irgendwas muss ich machen. Und darum fasse ich einen Beschluss. Also nicht, ihn ohne Vorwarnung zu küssen. Um Himmels willen, nein. Aber ich will ihm etwas Wichtiges über mich erzählen, auch wenn er es möglicherweise merkwürdig findet. Dass ich Kurzgeschichten schreibe. Zusammen mit Xakiima.

Ich aktiviere die Worte oben in der Denk-Etage und schicke sie mit dem Aufzug runter in die Sprachzentrale. Sie stehen in der richtigen Reihgenfolge auf dem roten Läufer – sprich: der Zunge.

Daniel, ich habe dir noch nicht erzählt, dass ich …

In dem Augenblick sieht Daniel mich an und sagt:

»Du, Vilde, der Grund, warum ich hier bin … also … Ich wollte dich fragen … ob du …«

Was ist das jetzt? Ich sehe Daniel zum ersten Mal rot werden. Zum ersten Mal scheint er nicht zu wissen, wohin mit seinen Armen und Beinen. Er zwinkert so heftig, dass ich fast glaube, einen leichten Windzug seiner langen Wimpern zu spüren.

»Ja, also … ich wollte dich fragen, ob du mit mir zum Schulball gehst?«

23. Kapitel

Ich liege halb über dem Tisch, die Nasenspitze auf dem Papier wie kleine Kinder, wenn sie Strichmännchen malen. Mit der freien Hand bilde ich eine Mauer zu dem, was ich schreibe, um es vor den Blicken anderer zu schützen. In der Ferne höre ich Geir der Klasse erzählen, dass er nächsten Montag an eine andere Schule wechselt und uns jetzt schon vermisst.

Die Zeit ist überreif für eine neue Liste. Eine Liste mit all den Dingen, die ich in Ordnung bringen muss. Bevor ich explodiere.

- Daniel antworten wegen Weihnachtsball. Hab ihn um Bedenkzeit gebeten. Denn: Was mach ich mit Sara? Wenn ich mit Daniel auf den Schulball gehe, flippt sie doch aus und erzählt allen, dass Papa gar nicht in Afrika ist. Dann wollen alle die Wahrheit über Papa wissen, und ich ...
- Mama von dem Buch erzählen, bevor sie mit Papa redet.

- Mich mit Xakiima vertragen und alles wiedergutmachen. Wir sitzen den ganzen Tag im gleichen Klassenraum, und sie FEHLT mir! Sie ist für die Aufführung in der Ton- und Lichtgruppe, aber selbst wenn sie den Scheinwerfer direkt auf mich richtet, sieht sie mich irgendwie nicht!
- Jan eine höfliche Entschuldigungsmail schreiben und ihm meine Pseudonym-Lösung vorschlagen. Also, Xakiimas Lösung. Aber das zu erklären ist ein bisschen zu kompliziert.
- Ein Weihnachtsgeschenk für Papa kaufen. Daraus ist ja wegen der Krise im Einkaufszentrum-Café nichts geworden.

Mein Kopf ist die reinste Rumpelkammer, in die jemand wahllos alles Mögliche gestopft und dann das Licht ausgemacht und die Tür zugeschlossen hat. Ich halte das nicht länger aus. Ich muss aufräumen. Es ist ein bisschen wie mit der Generalprobe, in der wir die Nummern nacheinander durchgehen, bis am Ende die ganze Show steht. Ich lese mir die Liste noch einmal durch, bevor ich sie zusammenfalte und in die Tasche stecke.
»Darum habe ich essbare Sterne in unterschiedlichen Farben und solche genialen, glänzenden Teile mitgebracht, die wie Luftgewehrkugeln aussehen!«
Hä? Geir ist immer noch am Reden, aber ich hab komplett

den Anschluss verloren. Essbare Sterne? Luftgewehrkugeln? Habe ich den Moment verpasst, an dem Geir übergeschnappt ist?
Ich schaue die anderen an. Daniel und Kriss warten gespannt auf Geirs nächsten Witz. Sara lächelt auch – in meine Richtung. Das kann nur heißen, dass sie noch nicht weiß, dass Daniel mich zum Schulball eingeladen hat.
Für Xakiima bin ich Luft. Wir sitzen nicht mehr nebeneinander. Sie hat den Platz gewechselt. Das geht eigentlich nicht einfach so. Also hat Xakiima mit Geir gesprochen. Mir wird ganz elend bei dem Gedanken, was sie über mich erzählt hat.
Irgendwo muss ich anfangen mit dem Aufräumen. Eins nach dem anderen. Ich beschließe, die Liste von oben abzuarbeiten. Das letzte Mal ist es ja auch gut gegangen, mit Sara zu sprechen. Warum also nicht noch einmal? Dummerweise bin ich mir fast sicher, wie es diesmal ausgehen wird. Sie kriegt am Ende wieder mal, was sie will, dafür lässt sie mich in Ruhe. Und Daniel und Sara gehen als Paar auf den Weihnachtsball. Ich werde schrecklich niedergeschlagen sein, aber zumindest weiß ich dann, woran ich bin.

Die Gelegenheit ergibt sich schon in der Mittagspause in der Schulküche.
»Alle nehmen sich eine Tasse und machen es wie ich«, sagt Geir.

Er hat sich in eine enge weiße Bäckerjacke gezwängt und sieht aus, als hätte er bereits zwei Bleche Muffins verdrückt. Inzwischen habe ich auch rausgekriegt, was Geir vorhat. Zum Abschied unserer gemeinsamen Zeit soll jeder von uns einen persönlich verzierten Cupcake backen. Super Idee – bis auf die Tatsache, dass es in der Schulküche keine Mikrowellen gibt. Geir hat eine aus dem Lehrerzimmer und eine zweite aus dem Büro des Hausmeisters organisiert.

»Das Rezept ist aus einem Blog. Unglaublich, was man im Netz alles findet. Ein unerschöpfliches Meer nützlicher Informationen, Leute«, sagt Geir begeistert.

Er macht uns vor, wie viele Teelöffel von welcher Zutat in die Tassen kommen. Ich staune, wie viele Teelöffel Backpulver in so einen kleinen Kuchen kommen. Wir stehen um die Arbeitsplatten verteilt und machen es Geir nach – mit der Ausnahme, dass wir uns nicht mit dem Handrücken über die Wange streichen und das halbe Gesicht mit Kakaopulver pudern.

Ich habe dafür gesorgt, in Saras Gruppe zu kommen, aber da Silje auch dabei ist, muss ich den richtigen Augenblick abpassen.

Der ergibt sich, als die Kuchen gebacken oder bestrahlt werden sollen, wie immer man das nennen will. Silje ist als Erste dran.

Es rauscht in meinen Ohren. Geir steht in sicherem Abstand

mit verschränkten Armen und Bäckerjacke wie ein Physiker daneben, der ein revolutionäres Experiment überwacht.
Ich drehe mich zu Sara um und komme direkt zur Sache. Es muss an meiner lebensgefährlichen Expedition in die Stadt liegen, dass ich so mutig bin.
»Daniel hat mich zum Weihnachtsball eingeladen«, flüstere ich.
»Echt?« Saras Gesichtsausdruck ist unmöglich zu deuten.
Vorne bei Geir tut sich etwas. Ein Blubbern ist zu hören. Alle Schüler beugen sich über die Arbeitstische.
»Ich kann verstehen, wenn du das ... nicht so toll findest«, sage ich.
»Hä?«
Das kleine Wort geht fast im Küchenlärm unter, und ich wundere mich, wie unberührt sie aussieht.
»Na ja, du weißt schon. Daniel und du. Da will ich nicht ...«
»Daniel und ich?«
»Ja?«
In der einen Mikrowelle beginnt ein dunkles Etwas über den Becherrand hinauszuwachsen.
»Uähh!«, sagt Sara. Ich bin mir nicht ganz sicher, worauf sich das bezieht.
Die Teigmasse sackt zurück in die Tasse, als hätte sie sich erschreckt. Silje macht einen Schritt nach hinten und schaut skeptisch auf die Mikrowelle. Kriss' Lachen ist aus dem allgemeinen Gelächter herauszuhören.

»Boah, ist das eklig«, flüstert Sara mir zu.
»Der Cupcake?«, frage ich.
»Der auch. Nein, dass ich … in Daniel verknallt sein soll.«
In der zweiten Mikrowelle wächst genau so eine schwarze Beule aus der Tasse. Die Mädchen quietschen angeekelt.
»Muss das so sein?«, fragt Geir und sieht seine Schüler an.
»Nee, da kriegt man ja echt Muffinsausen«, antwortet Kriss.
Gelächter von allen Seiten.
Sara sieht mich mit bis an den Haaransatz hochgezogenen Augenbrauen an.
»Hallo? Daniel? Wir sind doch quasi verwandt«, flüstert sie.
»Verwandt mit Daniel?«, sage ich etwas zu laut, aber glücklicherweise sind die anderen alle mit Geirs Back-Freakshow beschäftigt.
»Na ja, fast jedenfalls. Seine Mutter ist die beste Freundin meiner Mutter. Wir waren in derselben Krabbelgruppe, als wir Babys waren.«
Das erklärt natürlich, wieso sie sich so gut kennen.
»Dann willst du nicht … mit ihm zusammen sein?«
Sara lehnt sich zu mir rüber mit einem Gesichtsausdruck, als hätte sie was Stinkendes angefasst.
»Ich kenne Daniel seit unserer Geburt, sozusagen. Ich war dabei, als er sich auf dem Rummelplatz in die Hose geschissen hat.«
Amore mio. Ich kann es kaum glauben. Ich glotze Sara mit offenem Mund an. Dann ist es also gar kein Problem, wenn

ich mit Daniel zum Weihnachtsball gehe! Ich beginne innerlich so zu strahlen, dass ich mir wie der reinste Lampenschirm vorkomme.

»Verknallt?« Sie stößt mich von der Seite an und grinst.
In dem Moment kriechen die beiden Muffinmonster gleichzeitig aus ihren Tassen. Die Mädchen kreischen. Silje läuft zurück an ihren Platz. Geir beeilt sich, die Türen der Mikrowellen zu öffnen.
Als er die eine Tasse aus dem Ofen nimmt, verbrennt er sich die Finger an dem Henkel.
»Ajajaj!«
Geir läuft mit der heißen Tasse in der Hand hin und her. Der Teig quillt weiter aus der Tasse, und Geir schwingt sie hin und her. Die Klasse jubelt und grölt.
Die Tasse fällt auf den Boden. Das, was ein leckerer, fluffiger Muffin hätte werden sollen, hüpft wie ein Flummi durch den Mittelgang, Geir auf den Fersen, sozusagen. Erst am Ende des Raumes bleibt es liegen. Geir hebt das Etwas, das wie ein Meteoritenklumpen aus dem All aussieht, vorsichtig auf, führt es langsam zum Mund und versucht, ein Stück abzubeißen.
»Der reinste Kautschuk«, murmelt Geir.
Er dreht das Backwerk fasziniert hin und her. Die Klasse lacht schallend. Ich auch. Und Sara. Sie lacht so sehr, dass sie sich an meiner Schulter festhalten muss.

»Mit dem kann man bestimmt einiges machen«, sagt Geir. »Aber essbar ist es kaum.«

»In was für einem Blog haben Sie das Rezept denn gefunden?«, fragt Kriss amüsiert.

»Keine Ahnung. Ich hab das erstbeste genommen«, sagt Geir beeindruckt.

In dem Moment fällt mein Blick auf den einzigen Menschen im Raum, der nicht lacht, nicht mal mit den Mundwinkeln zuckt.

Silje.

Sie starrt uns an.

Mich. Und Sara, die an meiner Schulter hängt.

Ich glaube, in diesem Moment begreife ich etwas sehr Wichtiges. Nicht Sara hat den Zettel geschrieben.

24. Kapitel

Sobald wir nach der letzten Stunde unsere Handys zurückbekommen, suche ich mir eine ruhige Ecke und schreibe an Verlags-Jan. Aufräumen! Punkt für Punkt. Ich habe mir schon ein paar Formulierungen ausgedacht. Nun kann ich nur noch die Daumen drücken, dass Jan mitmacht und mich meinen Text unter falschem Namen veröffentlichen lässt. *Senden!*

Vor der Generalprobe in der Aula habe ich Sara ein paar Sekunden für mich allein. Silje muss noch ein Buch in der Bibliothek abgeben.

Ich frage Sara ganz direkt.

»Sag mal, hat Silje was gegen mich?«

»Quatsch«, sagt Sara und schiebt einen Fuß in das Bein ihrer Tights.

Ich höre es ihr an. *Quatsch* bedeutet: Ich weiß, was du meinst. Jetzt bin ich sicher, das Silje was gegen mich hat.

Sara steigt in das andere Bein und zieht die Hose hoch.

»Silje ist nur, wie nennt man das, harmoniebedürftig.«

»Ah ja?«

»Es hat sie ziemlich gestresst, als Liv dir auch eine Solistenrolle in der Vorstellung geben wollte. Meinetwegen gestresst, wenn du verstehst.«

Ich nicke und stehe noch ein paar Sekunden wie angewurzelt da, ehe ich meine Sportsachen aus der Tasche nehme. Das Gefühl, der Wahrheit auf der Spur zu sein, macht mich ganz benommen und kribbelig zugleich. Bis in die Fingerspitzen.

Liv hat weiße Tüllröcke verteilt. Sara hat ihren auf dem Schoß und zupft daran herum. Dann stößt sie geräuschvoll Luft durch die Nase aus.

»Und jetzt macht sie sich Sorgen, dass wir zu sehr beste Freundinnen werden könnten. Also, mehr als sie und ich.«

Eigentlich bin ich mir sicher, aber ich stelle die Frage trotzdem:

»Hast du irgendwann einen Zettel geschrieben und in meinen Spind geschoben?«

Sara zieht die Augenbrauen hoch. Sie spielt nicht, das ist echte Verwunderung.

»Was für einen Zettel? Nein.«

Auf unserem Weg durch den dunklen Saal zur Bühne gehe ich direkt hinter Silje. Die Stuhlreihen stehen so eng, dass man nur hintereinander gehen kann. Vielleicht bilde ich es mir ja nur ein, aber ich habe das Gefühl, dass ihr Rücken Ablehnung ausstrahlt.

Ob es tatsächlich so ist? Dass Silje sich von mir bedroht fühlt? So bedroht, dass sie bereit ist, mich mit einer anonymen Nachricht zu erpressen? Ihre zögerliche, unsichere Art ist vielleicht nur eine Seite von ihr. Und vielleicht bin ja ich es, die sie verunsichert. Ohne es zu wollen.

Wer sonst sollte den Zettel geschrieben haben? Dass alles auf Silje hinweist, macht es nicht gerade einfacher. Aber ein Punkt jedenfalls wäre geklärt, ein ziemlich wichtiger: Es steht nichts mehr zwischen mir und Daniel. Beim Gedanken daran falle ich in einen Hüpfschritt.

Während ich mich mit den anderen Tänzern aufwärme, schaue ich immer wieder zu Daniel, der *in der Maske* sitzt, wie es heißt. *Die Maske* ist ein langer Tisch vor der Wand mit zwei großen Spiegeln und einem Haufen Schminksachen. Ein kleiner Typ und ein langbeiniges Mädchen aus der Parallelklasse wuseln mit coolen schwarzen Schminkschürzen herum. Der Saal ist abgedunkelt, aber zwei helle Scheinwerfer beleuchten den Bereich um den Tisch herum. Und mitten im Lichtkegel sitzt Daniel. Ich bin fast ein bisschen eifersüchtig auf den Jungen, der neben seinem Stuhl hockt und ihm mit einer Mascarabürste die Augenbrauen bearbeitet.

Es wird eine Weile dauern, bis ich den Schock verdaut und mich daran gewöhnt habe, dass Silje diejenige ist, die ich bei Laune halten muss. In der Zwischenzeit muss ich mich um die Problemliste kümmern. Punkte abhaken. Ein Punkt wäre zum Beispiel, Daniels Einladung anzunehmen. Das ist leichter als alles andere. Ein reines Vergnügen. Gleich nach der Generalprobe werde ich es ihm sagen. Und falls sich vorher zwischen allen Tanznummern und anderen Auftritten eine Pause ergibt, muss ich die nutzen, um mit Xakiima zu reden. Das kann nicht länger warten. Ich vermisse sie so!

»Alle auf ihre Plätze!«, ruft Liv und fuchtelt mit den Armen. Liv, die uns mit absoluter Ruhe und tiefenentspannter Stimme durch den Herbst geführt hat, scheint Lampenfieber zu bekommen.

Wir fangen mit dem Ballett-Fail an, obwohl Liv sich wegen der endgültigen Reihenfolge noch nicht sicher ist. Wir stellen uns in einer Reihe nebeneinander auf, die Arme verschränkt wie beim »Tanz der vier kleinen Schwäne«, eine der bekanntesten Szenen aus *Schwanensee*, nur, dass wir sechs Ballerinas sind. Ich stehe neben Silje, was sich irgendwie verkehrt anfühlt. Vor meinem Bauch halte ich Siljes linke Hand in meiner rechten. Meine linke Hand ist vor Siljes Bauch mit Saras rechter Hand verschränkt.

Plötzlich fällt mir wieder ein, wie wichtig es Silje war, den Platz neben Sara zu bekommen, als wir den Tanz eingeübt haben.

Auf der Galerie, wo das Mischpult und die Scheinwerfer stehen, drückt Xakiima auf *Play*. Der Tüllstoff raschelt. Tschaikowsky strömt aus den Lautsprechern. Jagdhörner, stolz und majestätisch.

Im vierten Takt gleiten wir alle elegant nach rechts, Arm in

Arm und Hand in Hand, mit Schritten, die sich *cou-de-pied* nennen. Nicht ganz auf den Zehenspitzen, aber fast. Ausnahmsweise kriegen wir es sogar mal hin, alle in die gleiche Richtung zu schauen und im exakt richtigen Takt die Köpfe in die andere Richtung zu drehen. Das ist der Kniff, der den »Tanz der vier kleinen Schwäne« so hübsch anzusehen macht. Bis Kriss kommt.

Ich tanze Hand in Hand mit jemandem, der mich nicht leiden kann. Silje hat den Zettel geschrieben. Da bin ich mir jetzt sicher. Aber solange Tschaikowskys Musik spielt, lasse ich das Gefühl nicht an mich ran. In meinem nächsten Leben werde ich Balletttänzerin. Weil Ballett so kompliziert und wunderschön ist, dass man alles Nervige aus der Wirklichkeit vor der Bühne abgeben muss.

Wir schaffen zwei perfekte Bahnen von links nach rechts über die gesamte Bühnenbreite. Die Ablösung der Jagdhörner durch weiche Streicher ist das Signal für Kriss. Er trippelt komplett ungraziös von links auf die Bühne. Wir stehen jetzt still, die Arme immer noch verschränkt, und vollführen eine von Liv vereinfachte Schrittfolge, die im Original viel zu kompliziert war.

Kriss kreiselt vor uns herum, wedelt mit den Armen und versucht vergeblich, auf Spitze zu gehen. Sein Tüllrock rutscht hoch, und seine langen Beine sind urkomisch. Zum Glück müssen wir uns volle Kanne auf unsere Tanzschritte konzentrieren, weil wir sonst vor Lachen zusammenbre-

chen würden. Und Liv meint, das wäre ja gerade der Witz an dem Sketch, dass die Ballerinas so todernst sind.
Kriss ist ein genialer schlechter Tänzer! Er hat's echt drauf, den Loser zu spielen. Er ist total in seinem Element, weiß genau, was komisch an ihm ist, und spielt es aus. Vorgestreckter Po. Arme und Beine überall. Obwohl er wie der Oberclown tanzt, sagt es etwas sehr Wichtiges aus. Vielleicht steckt in allen von uns ein bisschen Clown, und niemand ist ohne Fehler, aber das macht nichts. Das ist eigentlich eine schöne Botschaft, und mir wird beim Trippeln auf der Stelle ganz warm ums Herz.
Dann kommt das Finale, wo Kriss' Eifer mit ihm durchgeht.
Ich weiß, was jetzt kommt, und spanne alle Muskeln an.
Kriss rempelt mich von hinten an und reißt die ganze Reihe Ballerinas um. Wir stolpern durch einen Spalt im Vorhang an der Seite der Bühne.
Liv klatscht begeistert und jubelt.
Ich liege im Halbdämmer hinter dem Vorhang in einem Knäuel aus Tüll und Mädchenkörpern und höre Kriss' schallendes Lachen. Endlich kann ich Siljes Hand loslassen.
Daniel betritt von der anderen Seite die Bühne. Ich wäre gerne hinterm Vorhang stehen geblieben, um mir seinen Auftritt anzuschauen, aber ich muss noch was erledigen. Und das vor meinem nächsten Auftritt.

Ich laufe aus der Aula und die Treppe hoch auf die Galerie. Xakiima ist nicht dort. Die anderen erzählen mir, dass sie zum Hausmeister wollte, um ein Kabel zu holen.

Ich überquere in meinem Tüllrock den nebligen Schulhof wie eine Elfe. Ich muss vor meinem nächsten Auftritt mit ihr reden. Xakiima ist schon fast am Klettergerüst vorbei, als ich sie sehe.

»Warte, Xakiima«, rufe ich.

Sie bleibt stehen. Ihre Schultern sacken nach unten.

»Xakiima«, wiederhole ich, als könnte ich sie damit festhalten.

Sie bleibt mit dem Rücken zu mir stehen, als ich mich ihr nähere. Ich lege vorsichtig eine Hand auf ihren Jackenärmel.

»Ich werde nicht mehr so sein. Versprochen. Du bist meine wichtigste und beste Freundin. Das ist bisher nur nicht so überzeugend rübergekommen, weil ich so …«

»Gemein warst du«, sagt Xakiima mit Tränen in den Augen.

»Ja. Sehr gemein.«

Ich bin selber kurz vorm Heulen. Wir stehen voreinander und sehen uns an, senken den Blick, schauen wieder hoch, warten, dass endlich jemand die Gewichte von unseren Schultern nimmt. Bis wir beide gleichzeitig begreifen, dass das nur eine Umarmung schaffen kann.

»Indianer-Ehrenwort«, flüstere ich in Xakiimas Ohr. »Ab jetzt werde ich zu dir stehen und allen zeigen, dass du meine beste Schriftstellerkollegin und Freundin bist.«

»Jeder macht mal Fehler«, sagt Xakiima.
Dann lässt sie mich los und wird wieder ernst.
»Was ist los, Xakiima?«
Sie zögert lange.
»Ich muss dir auch was beichten.«
Jetzt ist sie diejenige, die mit dem Blick ausweicht.
»Ich hab was echt Blödes getan, bevor wir uns richtig kennengelernt haben.«
»Was meinst du?«, frage ich.
Da kommt es.
»Du weißt schon, der Zettel.«
Die Welt um mich herum schnürt sich zusammen. Alle Geräusche sind plötzlich gedämpft wie bei meinem Sturz, als ich mir den Schneidezahn abgebrochen habe. Ich taste unsicher nach dem Klettergerüst neben mir, um mich abzustützen.
»Das warst du?«, stammele ich.
Xakiima schluckt.
Und da lache ich los. Ich kann nicht anders. Und ich krieg mich gar nicht wieder ein.
Xakiima erzählt.
»Ich war so sauer auf dich. Weil du mich nicht verteidigt hast. Aber das hätte ich trotzdem nicht tun sollen. Ich wollte es dir einfach heimzahlen. Weil ich so verletzt war.«
Ich nicke.
»Du musst mir nichts über deinen Vater erzählen, Vilde.

Außer, du willst es irgendwann selber. Das Wichtigste ist, dass wir Freundinnen sind.«

»Und dass wir uns einig darüber sind, wo es Tiger gibt und wo nicht?«

»Das ist eigentlich auch nicht so wichtig«, sagt Xakiima. Und endlich kommen wieder ihre schönen Grübchen zum Vorschein.

Eine Minute später, als ich mich aus dem Ballettrock pelle und in die Weihnachtswitz-Kleider steige, piept mein Handy. Ich bin alleine in der Garderobe. Aus der Aula tönt ein superschräger Beyoncé-Gesang. Das heißt, dass ich gleich auf die Bühne muss. Die Nachricht ist von Jan.

Hallo, Vilde. Danke für den guten Vorschlag. Ein Pseudonym ist nicht die idealste Lösung, aber auf alle Fälle bedenkenswert. Ich würde das gerne in der Redaktionsrunde besprechen. In der Zwischenzeit kannst Du ja weiter Deine Sachen in Ordnung bringen und mit Deinen Vorgesetzten reden, wenn Du das nicht schon längst getan hast.
Dein Redakteur,
Jan ☺

Ein Smiley. Wie nett.

Das läuft doch wie geschmiert.

Xakiima und ich haben uns vertragen.
Ich gehe mit Daniel auf den Ball.
... und ich habe jetzt noch zehn Sekunden, um auf die Bühne zu kommen!

Ich schleudere das Handy in die Tasche, schiebe sie unter die Bank und spurte zurück in die Aula.
Die Musik ist verstummt. Als Liv mich sieht, sagt sie streng meinen Namen.
»Entschuldigung«, sage ich entschuldigend und laufe zur Bühne.
Unterwegs hält mich ein Junge aus der Ton- und Beleuchtungsgruppe auf, setzt das Headset auf meinen Kopf und hangelt den Sender am Kabel am Rücken unter meinem Top entlang, ehe er ihn unter meinen Hosenbund klemmt.
»Leg das Headset nach der Nummer auf den Tisch für die anderen, die es nach der Pause brauchen«, ruft er hinter mir her.
Lars steht bereits in Position, als ich auf die Bühne stürme.
Er verdreht die Augen und sieht aus, als würde er vor Ungeduld sterben. Eigentlich echt süß, dass die Aussicht, einen schlechten Witz zu erzählen, das Einzige neben Gaming ist, was Lars so aus der Reserve lockt.
Seine Stimme tönt glasklar aus der großen Lautsprecheranlage.

»Was sagen die Kannibalen, als sie den Weihnachtsmann kommen sehen?«

Da das die letzte Nummer vor der Pause ist, haben alle Beteiligten sich vor der Bühne versammelt. Ich suche mit zusammengekniffenen Augen nach Daniel, aber in dem grellen Scheinwerferlicht sind nur die Gesichter in der vorderen Reihe zu erkennen.

»Endlich kommt das Weihnachtsessen«, sagt Lars.

Obwohl alle den Witz schon tausendmal gehört haben, wird ordentlich gelacht.

Lars fängt mit dem zweiten Witz an.

»Es war einmal ein Schneemann, der hat eine Schneefrau gefragt, ob sie mit ihm auf einen Ball wollte.«

Gleich bin ich dran. Zum Glück hat sich mein Atem wieder beruhigt. Zum ersten Mal seit Monaten, kommt es mir vor.

»Die Schneefrau fragte: Was für ein Ball?«

Jetzt ist nicht mehr viel übrig auf meiner Liste. Was für ein Tag! Das Leben ist nicht perfekt. Aber das meiste scheint in trockenen Tüchern. Komischer Ausdruck eigentlich. Keine Ahnung, was trockene Tücher damit zu tun haben. Ich hab ihn von Geir.

»Der Schneemann antwortete: Schneeball.«

Und wieder Lacher.

Mein Einsatz. Es ist verlockend, sich zu räuspern oder »Hallo« zu sagen, aber Liv meinte, dass wir uns auf das Mikrofon verlassen sollen. Und dass wir den Raum einnehmen sollen, uns trauen sollen, Aufmerksamkeit zu fordern. Und wir sollen eine Körperhaltung einnehmen, in der wir sicher stehen. In dem Fall ist es ausnahmsweise mal von Vorteil, klein zu sein. Ein paar Zentimeter weniger zitternder Arme und Beine.

»Ein Schwede hat zu Weihnachten ein Paar Wasserski bekommen«, fange ich an.

Das Sch von Schwede zischt durch die Aula wie ein schwarzer Vogel durch die Nacht. Das macht alle im Zuschauerraum extra aufmerksam. Vielleicht hat Jan ja recht. Ich mache eine lange Pause, wie Liv es uns beigebracht hat. So lang, dass ich Zeit habe, mir zu überlegen, was ich als Nächstes tun will, sobald ich hier fertig bin.

In der Pause reden alle durcheinander und klopfen sich gegenseitig auf die Schulter. Ich würde mich gerne mit den anderen freuen, aber ich habe noch eine letzte Sache zu erledigen. Und bis zu meinem nächsten Auftritt bleibt nicht viel Zeit.

»Gleich kommt der eigentliche *Schwanensee*«, höre ich Liv hinter meinem Rücken rufen, als ich die Aula verlasse.

Ich biege links in den Flur ab und laufe zur Behindertentoilette. Hoffentlich ist sie nicht besetzt.

Die breite Tür gleitet auf. Ich husche hinein, schließe ab und setze mich auf den Klodeckel.

Die einzige Beleuchtung ist ein rotes Notlicht. Das muss reichen. Dieses Gespräch fällt mir leichter, wenn es nicht ganz hell ist.

Mama geht sofort ran.

»Hallo, Vilde. Ist die Generalprobe schon vorbei? Wann kommst du nach Hause?«

Mehr kann Mama nicht sagen, denn alles, was ich ihr erzählen will, bricht jetzt aus mir heraus. Ich erzähle ihr von dem Buch und von Jan und von meinem missglückten Ausflug in den Verlag und Xakiimas Rettungsaktion. Unglaublich, wie viele aufwühlende Ereignisse man in eine Redeminute quetschen kann, selbst mit brüchiger Stimme und von Tränen verstopftem Hals. Ich schaffe es sogar, ihr von der Pseudonym-Lösung zu erzählen.

»Ach, Vilde«, sagt Mama. Ich sehe vor mir, wie sie das Telefon ans Ohr drückt.

»Bist du jetzt böse?«, frage ich.

»Ja.« Mamas Stimme knackst. »Aber auf mich. Weil ich dich all dem ausgesetzt habe. Es ist schließlich meine Schuld, dass du …«

»Alles wird gut, Mama«, falle ich ihr ins Wort. »Es ist gar nicht ungewöhnlich, ein Pseudonym zu benutzen. Ich werde trotzdem Schriftstellerin. Und niemand erfährt, dass Papa im Gefängnis sitzt.«

Ich überlege, ob ich ihr auch noch beichten soll, dass die ganze Klasse glaubt, Papa wäre Tierschützer in Afrika, aber das ist dann vielleicht doch ein bisschen zu viel auf einmal.

»Ach, Vilde«, sagt Mama noch einmal.
Und ich wiederhole, dass alles gut werden wird.
Mama sagt, dass sie viel über Weihnachten nachgedacht hat und darüber, wie sehr ich mich auf Papa freue.
»Wie wäre es, wenn ihr euch dieses Jahr am ersten Weihnachtstag bei Onkel Leif trefft? Wäre das für dich okay?«
»Doch.« Wie üblich sage ich nicht, was ich wirklich denke.
Onkel Leif ist Papas Bruder. Er hat achtjährige Zwillinge, die die ganze Zeit in ihrem Stockbett um die Wette pupsen. Das Zimmer ist komplett verseucht von ihren Abgasen. Am schlimmsten ist es unten am Boden, wo ich auf der Luftmatratze schlafe.
Ihre Lieblingsbeschäftigung besteht darin, Sachen auseinanderzubauen, um zu überprüfen, wie sie innen aussehen. Die Sachen anderer.
»Wir werden schon einen Weg finden, Vilde.«
»Ja«, sage ich, diesmal sogar mit einem Hauch von Hoffnung in der Stimme. *Einen Weg finden* hört sich nicht allzu schlimm an.

Hinterher fühle ich mich ungefähr zehn Kilo leichter. Da das ein beträchtlicher Teil meines Körpergewichtes ist, schwebe ich unter den Neonröhren durch den Flur. Ich freue mich schon, Daniel zu sagen, dass ich mit ihm auf den Ball gehe. Ich freue mich, Xakiima von jetzt an eine echte Freundin zu sein. Und ich freue mich, endlich mein Leben zu leben.

Als ich die Aula betrete, stehen alle wie festgefroren herum. Regungslos. Im ersten Augenblick denke ich, dass sie irgendein Theaterspiel machen.
Die einzig Aktive ist Liv. Sie wuselt oben auf der Galerie herum und zieht hektisch an irgendwelchen Kabeln.
Meine Absätze klackern über den Boden, und alle drehen sich zu mir um. Ein Raunen geht durch die Menge. Ein paar Mädchen legen die Hände vor den Mund, als hätten sie ein Gespenst gesehen. Alle starren mich an. Daniel, Kriss, Silje, Sara, der Rest der Klasse und Parallelklasse.
Xakiima schneidet eine Grimasse, als hätte sie schreckliche Schmerzen. Sie zeigt auf mich, dann auf ihren Kopf.
Und da verstehe ich.
Das Headset sitzt noch auf meinem Kopf.

25. Kapitel

Es stimmt nicht, dass ich nie wütend auf Papa bin. Mich macht zum Beispiel wütend, daran zu denken, dass er das, was er getan hat, auch uns angetan hat.

Und *jetzt* bin ich wütend. So wütend, dass ich ihm am liebsten so fest gegen den Brustkorb boxen möchte, dass es ihm den Atem verschlägt und er zu weinen anfängt. Damit er weiß, wie ich mich fühle.

Wir gehen hinter dem Wächter her durch den letzten Gang vor der Besuchsabteilung. Vorbei an dem Getränkeautomaten und dem Regal mit dem Kinderspielzeug. Der Puppe, der ein Arm fehlt, der Kasse, die plingelt, wenn die Schublade aufgeht, den Prinzessinnenbüchern, die ich niemals lese. Und am Ende in den linken Raum.

Wir warten auf Papa. Wir warten immer auf Papa.

Er weiß nichts von dem, was passiert ist. Mama hat den Besuch schon vor langer Zeit angemeldet, es ist reiner Zufall, dass er mit dem Zusammenbruch der Welt zusammenfällt.

Sobald der Aufseher weg ist, kommen mir wieder die Tränen. Ich heule wie ein Schlosshund, aus meiner Nase laufen zwei Streifen Rotz auf die Oberlippe. Ich schluchze und kriege kaum Luft. Mein Inneres fühlt sich an wie eine heiße, rote, brodelnde Masse.

Plötzlich ist Papa da. Er steht nervös mitten im Raum, sieht uns an und weiß nicht, wohin mit seinen großen Händen. Es scheint eine Ewigkeit zu vergehen. Er hört doch, dass ich weine, sieht doch, dass mein ganzer Körper bebt.

»Tom«, sagt Mama leise und nickt in meine Richtung, falls er nicht mitbekommen hat, dass ich jetzt Trost brauche.

Ich fühle die Worte in mir aufsteigen wie unaufhaltbare Lava in einem Vulkan. Sie erreichen den Rand des flammend roten Kraters und fließen über.

»Ich hasse dich«, flüstere ich.

Da legt Papa seine Arme um mich und drückt mich ganz fest an sich. Es ist ungerecht, dass ich Papa so lieb habe.

26. Kapitel

Xakiima bringt mir eine Tasse Tee. Es stehen bereits zwei leere Tassen auf dem Tisch. Im Fernsehen läuft *Friends*. Mamas Lieblingssendung. Sie ist in der Küche und macht Pizza. Normale, selbst gemachte Pizza mit Peperoni. Das ist nur eins von vielen Zeichen, dass Ausnahmezustand herrscht.
Ich war zwei Tage nicht in der Schule. Auch nicht im Internet. Xakiima versucht, mich zu schonen. Aber sie musste zugeben, dass die sozialen Medien gerade heißlaufen. Obwohl unsere Lehrerin Bente alle ermahnt hat, Rücksicht zu nehmen.
Ja, Bente ist zurück. Und sie weiß alles.
Alle wissen alles.
Bente und Mama haben mehrmals miteinander telefoniert.
Alle reden miteinander.
Kennst du dieses Gefühl, wenn du richtig krank bist, wenn du wie ein schlapper Sack Baumwolle daliegst und alles um dich herum schrecklich fern und unwirklich scheint?
So geht es mir gerade.
Mama stellt die Pizza auf den Wohnzimmertisch.

»Haut rein.« Das hört sich geflüstert irgendwie komisch an.
Xakiima und Mama schauen mich an, als sie sich was nehmen.
»Versuch wenigstens, ein bisschen was zu essen«, sagt Mama und legt eine Ecke auf meine Serviette.
Ich beiße ein kleines Stück ab.
Draußen treibt der Wind dicke Schneeflocken waagerecht am Wohnzimmerfenster vorbei. Das hilft. Da kann ich mir vorstellen, dass Mama, Xakiima und ich in einem Kloster oben in den Bergen sitzen, weit weg von allen Gerüchten und Tratschereien.
Ich hab seit dem Bombeneinschlag in der Aula nicht mehr mit Daniel gesprochen. Darum weiß ich auch nicht, was er jetzt von mir denkt.
Mama räuspert sich, als hätte sie einen Krümel in den falschen Hals gekriegt. Und ein zweites Mal. Sie trinkt einen Schluck Wasser, was nicht zu helfen scheint. Sie hickst. Und dann kann sie es nicht länger unterdrücken – sie lacht!
Ich verstehe nicht, was so lustig ist, trotzdem müssen Xakiima und ich auch grinsen.
»Bots-wa-na?« Mamas Lachen zerhackt das Wort in drei Silben. Sie stellt das Glas ab und schüttelt den Kopf.
»Botswana!«, wiederholt sie. »Das ist der Hammer.«
Jetzt lachen wir alle drei. Das ist total ansteckend. Wie in dem Weihnachtsgottesdienst in meiner früheren Klasse, als Rebekka mitten in der Predigt laut gepupst hat.

»Oh Mann, Vilde«, sagt Mama und schluckt das Lachen hinunter. Aber das ist kein »Oh Mann«, das mir ein noch schlechteres Gewissen macht.
Danach ist es eine Weile still. Wir schauen auf den Fernseher, während meine Gedanken in ein fernes, sorgenfreies Land wandern. Ich kriege sogar ein paar Bissen Pizza runter, und mein geschrumpfter Magen dankt es mir mit zufriedenen Gurgellauten.
Mama hat nicht nur mit Bente gesprochen, sondern auch mit Verlags-Jan. Sie sind zu dem Schluss gekommen, dass meine Geschichte unter meinem vollen und richtigen Namen erscheinen soll. Das macht jetzt auch keinen Unterschied mehr. Oder – doch. Ich bin jetzt Schriftstellerin. Mit meinem Namen. Und darüber freue ich mich riesig, mitten in dem ganzen Schlamassel.
»Was wünschst du dir eigentlich zum Geburtstag?«, fragt Mama unvermittelt mit vollem Mund.
»Geburtstag?«
Zum ersten Mal in bald dreizehn Jahren habe ich den letzten Monat nicht die Tage gezählt. Noch eine Woche bis zu meinem Geburtstag, und ich habe nicht einmal daran gedacht.

Später liegen Xakiima und ich auf meinem Bett und gucken *Young Adult*, einen der Filme über Schriftsteller, die wir eigentlich bei unserer Party gucken wollten, aus der nie was geworden ist. Ich kann der Handlung nicht folgen, weil mir so viele Fragen im Kopf herumschwirren. Fragen, von denen Mama meint, dass ich keine Kraft darauf verschwenden sollte.

Was sagen die anderen in der Schule? Was reden sie über mich?

Xakiima sagt, dass Bente viel von Achtung und Toleranz seinen Mitmenschen gegenüber erzählt. Die ganze Reli-Ethik-Stunde ist dafür draufgegangen, obwohl eigentlich ja gerade die Weltreligionen dran sind. Schon ein irrer Gedanke, dass Bente meinetwegen den Lehrplan ändert.

»Guck dir den Film an«, sagt Xakiima und hält mir ihr Handy vor die Nase.

Aber die Fragen lassen mir keine Ruhe. Was sagen die anderen, wenn Bente nicht dabei ist?

»In den Pausen wird schon viel geredet«, sagt Xakiima. »Viele fragen mich, weil alle wissen, dass wir Freundinnen sind. So ist das eben.«

Das ist fast das schrecklichste Gefühl: zu wissen, dass andere über einen reden.

»Und was antwortest du ihnen?«

»Ich sage: *Get a life!*«

Xakiima ist einfach klasse.

Xakiima stellt die Lautstärke ihres Handys lauter. Sie weiß, dass das Gerede mir nicht hilft. Die Wellen werden sich schon wieder glätten, sagen sie und Mama.

Aber es ist wie Schorf, an dem man immer wieder kratzen muss.

»Und Daniel?«

Xakiima zuckt mit den Schultern.

»Ich weiß es nicht.«

Ich sehe ihr an, dass sie es weiß. Ich setze mich auf und schalte auf Pause.

»Ist das denn so wichtig?«, fragt Xakiima.

»Ich muss es wissen.«

Xakiima zögert lange.

»Er hat ein Mädchen aus der Parallelklasse zum Schulball eingeladen.«

»Wen?«

»Natasha.«

Ich sage nichts, nicke stumm. Ich bin mir nicht ganz sicher, aber das ist, glaube ich, die mit den dünnen Beinen aus der Schminkgruppe.

Xakiima streichelt mir über den Rücken.

27. Kapitel

So ruhig war es noch nie vor der ersten Stunde. Als Bente die Tür öffnet, hört man die Luftmoleküle zusammenstoßen.
Sie beginnt mit Unterricht an der Tafel. Bruch- und Prozentrechnung. Geir hätte vermutlich darauf bestanden, das Ereignis aus der Aula in einem Rollenspiel darzustellen, um es zu verarbeiten. Bente tut so, als wäre nichts gewesen. Als wäre alles wie gehabt und als hätte ich die ganze Zeit auf meinem Platz gesessen.
Xakiima sitzt wieder neben mir. Darüber bin ich echt froh. Im Gegensatz zu den mitleidigen Blicken, die sagen: »Ach, du Arme.« Ich weiß, dass sie es nicht böse meinen, aber es tut weh, wenn alle Mitleid mit einem haben. Und heilfroh sind, dass sie nicht in meiner Haut stecken.
Ich traue mich nicht, Daniel anzusehen. Oder Silje und Sara. Auf dem Weg in die Klasse – ich bin absichtlich weder als Erste noch als Letzte reingegangen – musste ich an Kriss vorbei, der an Lars' Tisch stehen geblieben war. Glücklicherweise macht er es wie Bente.
»Hallo, Vilde«, hat er gesagt, als wäre alles beim Alten.

Aber das ist es nicht. Nach der Sportstunde bleibe ich länger als die anderen unter der Dusche stehen, um alleine zu sein. Am Ende höre ich nur noch zwei Stimmen in der Umkleide. Silje und Sara. Offenbar im Glauben, alleine zu sein.
Ich schnappe das Ende von Saras Satz auf.
»... wie viel von dem, was sie erzählt, überhaupt wahr ist.«
Die Dusche ist ausgegangen, aber ich traue mich nicht, den Knopf zu drücken und sie noch einmal in Gang zu setzen. Das Shampoo brennt in meinen Augen.
»Wir wissen nur sicher, dass ihr Vater im Gefängnis sitzt!«, sagt Sara.
»Das war echt ein Schock«, sagt Silje leise.
»Sie hat nie erzählt, wo sie eigentlich herkommt, oder?«, sagt Sara. »Aber das hört man an ihrem Dialekt. Wie sie das S ausspricht.«
»Hä?«
»Sie kommt aus Zischelland«, sagt Sara kichernd.
Silje sagt nichts.
»Du weißt schon, dieses Pfeifen?« Sara lacht prustend durch die Nase.
»Ich hab schon verstanden. Aber ich finde das nicht sonderlich komisch.«
Es ist das erste Mal, dass ich Silje Sara widersprechen höre.

Auf dem Heimweg nach der Schule fasse ich einen Entschluss. Ungefähr in Höhe des Tante-Emma-Ladens bleibe ich stehen und sage zu Xakiima:

»Ich muss mit Daniel reden.«

Sie klopft mir auf die Schulter:

»Wenn du meinst, dass es hilft, dann tu's.«

»Findest du das doof?«

»Ich bin mir nicht sicher. Aber du hast ja eigentlich nichts zu verlieren.«

Ehe unsere Wege sich trennen, muss ich Xakiima versprechen, hinterher bei ihr vorbeizukommen. Egal, wie das Gespräch mit Daniel ausgeht.

Das Räumfahrzeug hat auf beiden Seiten eine eingefrorene, schmuddelige Schneewelle aufgeworfen. Das Dämmerlicht ist bleich und trist. Ich weiß nicht, was ich fühle. Ich habe weiter die Klosterstimmung in mir, alles ist irgendwie so unwirklich und still.

Ratana bittet mich dieses Mal nicht herein. Stattdessen ruft sie Daniel und wartet lächelnd an der Tür, bis er kommt.

Daniels Blick flackert nervös. Er sieht aus, als würde er mir am liebsten die Tür vor der Nase zuknallen. Aber er kommt raus. Es wäre sicher schlauer gewesen, mich reinzubitten, als bei zehn Grad minus in Socken auf der Steintreppe zu stehen.

»Du …«, fange ich an. Mehr krieg ich nicht raus.

Daniel schaut ständig über die Schulter nach hinten, als

befürchtete er, dass jemand uns hören könnte. Schließlich schiebt er die Tür zu.

»Was willst du, Vilde?«, fragt er genervt.

»Ich möchte nur wissen, wieso du nicht mehr mit mir zum Weihnachtsball gehen willst?«

Daniel schnauft durch die Nase.

»Also …«

»Nur dass das klar ist: Ich will nicht, dass du es dir anders überlegst. Das wäre echt doof … für Natasha. Ich würde einfach gerne den Grund wissen.«

Er wirft wieder einen Blick über die Schulter.

»Was ist der Grund, Daniel?«

»Es ist nur …«

Ich sehe ihm tief in die Augen. Eigentlich sollte ich völlig durch den Wind sein, aber ich meistere die Situation eindeutig besser als Daniel.

»Es liegt an Papa. Er findet, dass … dass du nicht der richtige Umgang für mich bist.«

»Warum nicht?«, frage ich hartnäckig weiter. Ich will es wissen.

Daniel zieht die Schultern hoch.

»Wegen deines Vaters und so.«

»Und so?«, wiederhole ich.

»Na ja, solche Leute wie dein Vater halt.«

»Solche Leute wie mein Vater? Könntest du das etwas vertiefen?«

Meine Stimme ist ganz ruhig, ich lasse die S zischeln, wie sie wollen. Ich fühle mich wie 50 Cent bei einem Hausbesuch. Bei jemandem, der seine Großmutter mit Dreck beworfen hat.
»Und was findest du eigentlich?«
Er zieht wieder die Schultern hoch. Und sagt keinen Ton. Also rede ich.
»Hier geht's doch nicht um deinen Vater. Und genauso wenig um meinen Vater. Hier geht's um uns.«
Daniel stöhnt und schließt die Augen, als würde ich so auf magische Weise verschwinden.
»Vilde, sorry, okay. Ich weiß nicht, was ich sagen soll. Ich glaube, es ist das Beste, wenn du jetzt gehst.«

Am gleichen Abend, nachdem ich mir bei Xakiima eine große Portion Trost abgeholt habe, schreibe ich eine neue Geschichte. Über Verrat.
Hinterher liege ich auf dem Bett und schaue aus dem Fenster in das Schneeflockenchaos vor dem schwarzen Himmel. Ich bin traurig wegen der Sache mit Daniel. Verletzt. Enttäuscht. Oder vielleicht doch eher wütend? Ja, sauwütend, wenn ich es mir genau überlege. Weil es so beschissen ist, dass jemand, den man mag, so plötzlich verschwindet.
Bei einem letzten Blick aus dem Fenster vor dem Einschlafen nehme ich eine Bewegung in dem dunklen Schneegestö-

ber wahr. Ich stehe auf, gehe zum Schreibtisch und beuge mich zum Fenster vor.

Da draußen steht jemand. Ein dünner Mensch, der mit gestrecktem Hals hin- und herstapft wie ein Watvogel im Sturm. Ich drücke die Stirn an die Scheibe.

Das ist … Kriss. Er steht mitten auf der Straße und fängt Schneeflocken mit dem Mund.

Ich stelle das Fenster auf Kipp und fummele den Sicherheitsnippel los, damit ich es in die Waagerechte kippen kann.

»Kriss?«

»Oh, hallo.«

Ich schiebe den Kopf unter der Scheibe nach draußen und stütze mich mit den Unterarmen auf dem Fensterrahmen ab. Er hat eine Mütze auf dem Kopf, einen Schal um den Hals und riesige Fäustlinge an den Händen. Er lächelt mich breit an.

»Eine heiße Waffel ohne Sahne«, sagt er.

»Was soll das denn heißen?«

»Ich wollte eigentlich mit dir reden. Aber dann hat es so geschneit.«

Ich fühle mich wie ein gerade wach gewordenes Fragezeichen.

»Guck dir das an!«, sagt Kriss und zeigt mit einem Fäustling irgendwohin. »Du solltest rauskommen.«

»Ich war gerade auf dem Weg ins Bett.«

Er wirft einen Blick durchs offene Fenster auf das Bett.

»Das da?«, fragt er.
»Ja, Kriss. Da hab ich gelegen. In meinem Bett.«
Ich muss das Lachen unterdrücken.
»Worüber wolltest du mit mir reden?«, frage ich.
»Stimmt, da war was. Ich wollte fragen, ob du mit mir zum Weihnachtsball gehen würdest.«
»Machst du Witze?«
»Nein. Ich mache nie Witze.«
Kriss will den Schnee vom Fensterrahmen wischen, der stattdessen auf meinen Schreibtisch fällt.
Ich schiebe ihn zwischen den Händen zusammen und werfe ihn auf Kriss, ohne nachzudenken.
Kriss sieht so komisch aus, wenn er so tut, als wäre er eingeschnappt. Und zum ersten Mal sehe ich ein Funkeln in seinen großen dunkelbraunen Augen.
Er zeigt mit dem Handschuh auf mich, bückt sich und bappt einen großen Schneeball zusammen. Ehe ich reagieren kann, hat er den Schneeball in mein Bett geworfen.
»Hallo?!«, rufe ich und hoffe, dass Mama es nicht hört. »Da will ich schlafen.«
Ich schnappe mir den Schneeball und werfe ihn durch das offene Fenster zurück.
Kriss weiß natürlich, dass Daniel die Einladung zurückgezogen hat. Ich frage mich, ob Kriss mich vielleicht schon viel eher fragen wollte, es aber erst jetzt machen kann. Aber eigentlich muss ich es gar nicht wissen.

»Und, willst du?«
»Was will ich?« Ich stelle mich dumm.
»Mit mir zum …«, fängt Kriss an.
Dann sieht er mein schelmisches Grinsen.
»Ja«, sage ich. »Will ich.«
»Cool!«, sagt Kriss und veranstaltet einen kleinen Schneetanz. Mir zu Ehren. Er hüpft auf einem Bein herum, reißt die großen Fausthandschuhe hoch, erst den linken, dann den rechten. Das ist das Romantischste, was ich je gesehen habe, glaube ich.
Eigentlich habe ich gar keine Lust, diesen perfekten Augenblick zu stören, aber ich muss einfach fragen.
»Und was ist … mit Daniel und den anderen? Was werden die dazu sagen?«
»Die werden sagen … ugga-bugga-bugga.« Kriss lacht und tanzt weiter seinen Tanz. Und das sagt alles. Es ist ihm vollkommen egal, was die anderen sagen oder denken.
Da beugt Kriss sich plötzlich zum Fenster vor und flüstert:
»Du musst für *Schwanensee* trainieren. So viel du kannst.«
Ich verstehe nicht ganz, was er damit meint.
»Warum?«
»Weil ich einen Plan habe.«
Bevor Kriss geht, weiht er mich in diesen Plan ein.
Völlig verrückt, aber es könnte klappen.

28. Kapitel

Okay, ich ahne, was du von mir wissen willst. Abgesehen davon, wie Kriss' Plan aussieht. Es gibt noch eine wichtige Sache, zu der ich nichts gesagt habe. Bestimmt würde es dich nerven, wenn die Geschichte endet, ohne diesen wichtigen Punkt beantwortet zu haben, oder? Wie typische Erwachsenengeschichten ohne Happyend.

Warum ist Papa eigentlich im Gefängnis?

Dazu gibt es zwei Dinge zu sagen. Erstens, dass du eigentlich doch ganz schön viele Sachen erfahren hast: Ich werde Schriftstellerin. In sechs Tagen gehe ich mit Kriss zusammen zum Weihnachtsball, was ein total kribbeliges Gefühl ist. Ich weiß zwar nicht, wie viele Freundinnen ich noch habe, aber dafür habe ich eine allerbeste. Der Schreibklub Solbakken besteht weiter! Unser nächstes Ziel ist, dass Xakiima auch etwas veröffentlicht. Ich werde alles tun, um ihr dabei zu helfen. Ihre Gedichte lesen, Vorschläge machen, alles Mögliche.

Und noch eine große Neuigkeit: Mama sagt, dass sie immer noch starke Gefühle für Papa hat. So stark, dass sie »nicht unterdrückt werden können«. Das klingt ein bisschen peinlich. Aber auch sehr, sehr schön.
Und rate mal, was ich von Mama zum Geburtstag bekommen habe! Einen Füller, der genauso aussieht wie der vorige, nur weinrot. Mama wusste, was mit dem letzten passiert ist, weil sie die Tintenspur bis zum Mülleimer verfolgt hat.
Und zum Thema LOVE: Geir war vor ein paar Tagen in unserer Schule, obwohl er da ja gar nicht mehr arbeitet. Xakiima, Emma K. und ich waren die Einzigen, die ihn gesehen haben. Vom Fenster des Kunst- und Werkraums. Sein moosgrüner Volvo rollte auf den Parkplatz, die Beifahrertür ging auf, und rate mal, wer da eingestiegen ist? Eine gewisse Kunst- und Werken-Lehrerin, die auch die Tanzgruppe leitet.
Zweitens: Denk mal drüber nach, was es heißt, im Gefängnis zu sitzen. Und wieso man Leute ins Gefängnis steckt. Zum Schutz der Gesellschaft. Um deutlich zu zeigen, dass manche Dinge verboten sind. Und um die Menschen, die solche verbotenen Dinge tun, dazu zu bringen, damit aufzuhören.
Eingesperrt zu sein ist eine Strafe. Und an dieser Stelle habe ich etwas Wichtiges zu sagen: Wenn man seine Strafe abgesessen hat, dann ist man auch fertig damit. Man geht als Krimineller ins Gefängnis und soll als Mensch wie jeder andere herauskommen dürfen.

Du möchtest bestimmt wissen, was für eine Art Krimineller Papa ist. Ich bin mir nicht so sicher, ob er noch ein Krimineller ist. Ich weiß nur eins sicher: dass er mein Papa ist.
So endet meine Geschichte. Wenn dir das nicht passt, musst du selber was schreiben. Ich schlage Kurzgeschichten vor.

29. Kapitel

Es ist gut, dass wir so viel für die Aufführung geprobt haben, dass jede Bewegung im Körper sitzt. Mir schwirrt bei der Premiere nämlich die ganze Zeit Kriss' Plan im Kopf herum. Von dem Augenblick an, als der Vorhang aufgeht. Selbst beim Erzählen meines Weihnachtswitzes. Liv hat die Reihenfolge der Nummern nach der Generalprobe noch mal umgestellt. Das Ballett-Fail kommt jetzt ganz am Schluss. Das ist perfekt.

In der Pause, als ich mein Headset abgebe, flüstere ich Xakiima zu:

»Bist du bereit?«

Sie zwinkert mir zu. Sie ist die Einzige außer Kriss und mir, die weiß, was wir vorhaben. Sie hat sogar eine Schlüsselrolle in dem Plan, weil sie in der Beleuchtungs- und Tongruppe ist. Und weil sie meine beste Freundin ist.

Daniel läuft an mir vorbei, als ich meine Tanzklamotten anziehe. Ich sitze nur in Leggins und Top da und lächele ihn an. Dabei dachte ich, dass ich eigentlich stinksauer auf Daniel bin.

Aber das bin ich nicht. Weil ich so viel an Kriss denke. Dass wir ein Ball-Paar sind. Trotz des dramatischen Höhenunterschiedes zwischen uns. »Die Hälfte von mir muss alleine zum Weihnachtsball gehen«, sagt er.

Ich sitze zwischen Sara und Silje in der Maske und fühle mich wie ein Zaun, der so hoch ist, dass man sich nicht über ihn hinweg unterhalten kann. Silje macht ab und zu den Eindruck, als wäre sie gerne weiter mit mir befreundet, aber wegen Daniel ist das alles irgendwie kompliziert. Ich mache mir deswegen keinen Stress. Es wird sich zeigen. Jetzt müssen wir zusehen, dass wir die erste Nummer nach der Pause hinter uns bringen – den echten *Schwanensee.*

Nach der dritten Lage Lippenstift begebe ich mich auf die dunkle Bühne.

»Drei Minuten«, flüstert Liv.

Ich kann von meinem Platz durch einen Spalt im Vorhang in den Zuschauerraum gucken.

In der ersten Reihe sitzen die Mütter von Sara und Daniel. Saras Mutter hat die Mobilkamera auf die Bühne gerichtet. Daniels Vater ist nirgendwo zu sehen. Was das angeht, tut mir Daniel fast ein bisschen leid.

In der Reihe hinter ihnen sitzt Xakiimas Familie. Abdi trägt Schlips und Weste und sieht aus wie eine Miniausgabe seines Vaters. Xakiimas Mutter hat ein rotes Kleid mit Tulpenmuster an und erleuchtet förmlich den dunklen Saal. Vier Plätze entfernt sitzt Mama. Ich weiß, dass es schwer für sie ist, alle Eltern zu treffen, nachdem die Wahrheit ans Licht gekommen ist. Aber Mama hat sich entschieden. Sie will das durchstehen, sagt sie. Und neben ihr sitzt …

Papa.

Ja, er ist hier!

Mit kurzen Haaren, abstehenden Ohren und engem Anzug. Er sieht ein bisschen aus wie ein Riesenjunge in einem großen Klassenraum aus alten Tagen. Ich schaue zur Eingangstür der Aula. Da stehen die Begleitpersonen, die auf den großen Jungen aufpassen sollen. Zum Glück haben sie auf die Uniform verzichtet. Papa ist so groß, dass er sich zu Mama rüberlehnen muss, damit er nicht allen hinter sich die Sicht versperrt. Ich sehe ihm an, wie riesig er sich freut, hier zu sein. Seine Augen sind ganz blank. Ich schließe den kleinen Spalt im Vorhang, weil mir auch Tränen in die Augen steigen.

»Dreißig Sekunden.« Liv überprüft ein letztes Mal, dass alle an der richtigen Stelle stehen. Der Lichtkegel ihrer Taschenlampe wischt über den Bühnenboden.

Wir tanzen den *Schwanensee* ohne einen einzigen falschen Schritt. Sara macht das super. Ich freue mich für sie. Es ist viel zu anstrengend, die ganze Zeit sauer zu sein.

Sie bekommt so begeisterten Applaus, dass das Dach abhebt. Saras Mutter ist die Einzige, die nicht klatscht, weil sie damit beschäftigt ist, die anderen Eltern beim Klatschen zu filmen.

Ich fiebere mich Fingernägel kauend durch die Sketche und Gesangsbeiträge, bis ich wieder auf die Bühne muss. Ich sitze mit den anderen Tänzerinnen zusammen auf dem Boden in dem kleinen Raum hinter der Bühne, zwischen kaputten Klappstühlen und Kulissenteilen aus früheren Schulvorstellungen. Ich fühle mich wie ein Alien. Aber das liegt wahrscheinlich daran, dass ich so nervös bin.

Schließlich ist es Zeit für den Ballett-Fail.

»Jetzt nicht kneifen!«, flüstert Kriss mir zu, ehe er hinter den Seitenvorhang verschwindet.

Wir stellen uns in einer Reihe hinter dem Vorhang auf. Es kostet mich keine Überwindung, Saras und Siljes Hände zu halten. Ich konzentriere mich auf das, was ich tun will. Liv zieht den Vorhang auf. Tschaikowskys wunderschöne Musik füllt wieder die Aula. Hinter der Wand aus Licht ahnt man die feucht glänzenden Elternaugen.

Wir trippeln nach rechts, dann nach links. Kriss kommt von der Seite auf die Bühne. Eine Lachwelle rollt durch den Saal und über uns hinweg. Liv hat zwar den Erfolg vorhergesagt, aber es ist so überwältigend, dass es uns fast aus dem Takt reißt. Die Reaktion des Publikums macht Kriss noch wilder als sonst. Er baut ein paar Extrapirouetten ein und verheddert sich in der Vorhangschnur. Hoffentlich vergisst er vor lauter Begeisterung nicht, was er machen soll.

Aber nein. Als alle denken, dass er mich jetzt von hinten anrempelt, macht er eine elegante Ausweichbewegung – wenn

etwas, das Kriss tut, elegant genannt werden kann – und schiebt sich mit seinem vorgestreckten Hintern auf die Reihenmitte zu.
In der Sekunde lasse ich Sara und Silje los und mache einen langen Schritt nach vorn.
Kriss zieht die anderen mit sich durch den Seitenvorhang, und ich stehe alleine auf der Bühne. Und Xakiima sorgt dafür, dass die Musik weiterläuft.
Und dann tanze ich.
Meine eigenen Schritte. Halb Akrobatik, halb Ballett. Und ganz ich.
Ich tanze.
Ich atme.
Mein Inneres füllt sich mit Luft, bis ich leicht bin wie eine Schwanenfeder, die von dem Raunen getragen wird, das durch das Publikum geht.
Liv lächelt.
Mama und Papa lächeln.
Tschaikowsky lächelt.
Und ich fliege.

Die Zitate auf Seite 49 und Seite 68 stammen aus: Astrid Lindgren:
Die Brüder Löwenherz, Verlag Friedrich Oetinger 1974.